再見平成時代

新井一二三
あらいひふみ

第28號作品

【序】

給即將來臨的新時代

新井一二三

我還清楚地記得一九八九年一月七日早晨的情景。當我睡醒走下樓來，父親就說：天皇去世了。順便看看已開著的電視機，不僅平時播放的節目連廣告都全給取消，也完全沒有了背景音樂。電視屏幕的這邊和那邊，都安安靜靜，大家都不知該說什麼好，也不知該有什麼感覺才對。並不是全體日本人都難過不堪，畢竟天皇患病許久，而且是八十餘歲老壽星，瞑目往生不屬意外。但是，在整個社會上，還是瀰漫著一種虛無感。跟裕仁天皇一起，我們的昭和時代已過去了。即將開始的是什麼時代，暫時還不曉得。

幾個小時後，當年的官房長官小淵惠三對著電視鏡頭，拿張紙牌宣告：新的年號是平成。

平成？？？？

第一反應就是不習慣。如果當天舉行民意調查或國民投票的話，相信很多人都投了反對票，因爲就是不習慣。然而，我等老百姓對年號一級的國家大事，根本沒有話語權。年號是早幾年開始，日本政府委託東京大學等的幾位漢學泰斗提出候補名單；最後於天皇去世當天，再召開專家會議，所推薦的新年號案，由當時的竹下登首相以及眾參議院正副議長予以同意，正式決定的。平成兩個字，取自中國古代《史記》中的「內平外成」和《書經》中的「地平天成」。可見，當日本人需要正統這回事，能依靠的就只有中國古典。

當年的我旅居加拿大，乃元旦假期在日本，恰巧碰上了改元的。回到加拿大上學，有位老師不知道班上有個日本人，對電視上看到的國際新聞隨便發表意見說：一個跟自己無緣無故的老人去世，竟有很多人感到難過流眼淚，而且還聽說要爲葬禮花一筆巨款也限制交通等等，實在荒謬了，你們說對不對？我作爲年輕一代日本人，對裕仁天皇的去世，不會感到難過流眼淚，可又不是完全沒有感覺，還是覺得失去了一個曾經屬於自己的什麼。

轉眼之間，三十年時光過去了。老實說，我對平成這個年號一直不大習慣，雖然也並不懷念之前的昭和時代。右派政治家把裕仁天皇生日改爲昭和日，我覺得大不必要。曾經年輕的時候，我思想左傾反對天皇制；因爲它跟民主主義的原則相衝突，而且裕仁天皇對戰爭給日本人以及其他國家人民造成的損害沒負責任。年長以後，思想變得複雜一點；雖然對天皇制並不是無條件贊成，但是傳統有傳統的意義，一旦廢止了再也不可能恢復，既然如此何不珍惜。還有，這些年來，明仁天皇、美智子皇后爲了慰問戰爭中的受害者，遠路去交流、悼念、祈禱。兩位對日本這國家肩負的責任感，顯然沒有一個政治家比得上。在國內，每次有什麼災害，兩位也一定趕到現場低頭，叫人覺得不容易。當他們提出生前讓位的希望時，大多數國民都覺得該尊重兩位的意願，只有右派揚聲反對。可見，右派要擁護的是制度而不是人。

我的兩個孩子都在平成時代出生。做母親的覺得稍微虧心：未能爲他們創造好一點的今天。不過，冷靜考慮，平成也不是一無是處的。比如說，我們永遠不會忘記的SMAP。雖然在落差日趨懸殊的時代裡，我們至少有過大家能合聲歌唱的《世界上唯一的花》。雖然在日本，女性的社會地位仍舊低迷，可是我們也有了新一代的女性作家。她們再也不靠偉大父親的名字，可說白手起家，爲奮鬥中的讀者群眾，不從高處而腳踏實地，寫出鼓勵加油的文字。再說，我們也不會忘記在里約熱內盧奧運會上活躍的女選手們。

即將來臨的新時代裡，日本皇室能否持續，目前還是一個大問號。爲了持續，只好改變。皇室的問題其實就是整個日本社會的問題。我曾經是反對天皇制的左傾青年。如今倒覺得：把古老傳統能持續到今天是日本人的福氣。明仁天皇和美智子皇后身體力行建立了平成式開明理智的日本皇室。他們親手帶大的德仁親王，以及他親自求愛的雅子妃，需要一方面推行改革，一方面保持傳統。考慮到雅子妃的病情還不穩定，前途並不明朗。但是，在整個日本的前途也並不明朗的今天，皇室的現狀，越看越像戰後憲法所定義的天皇地位：國民統合的象徵。不是嗎？

卷一 皇室物語

卷二 動盪社會

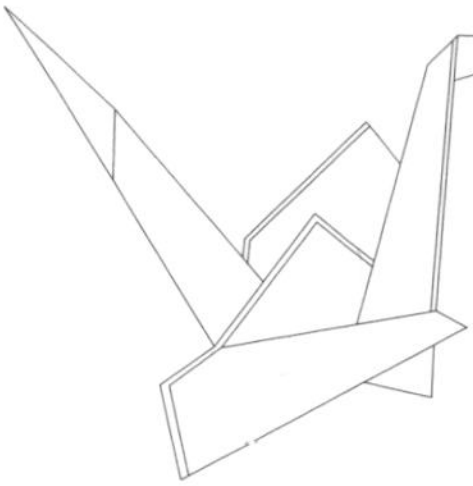

卷三 書寫潮流

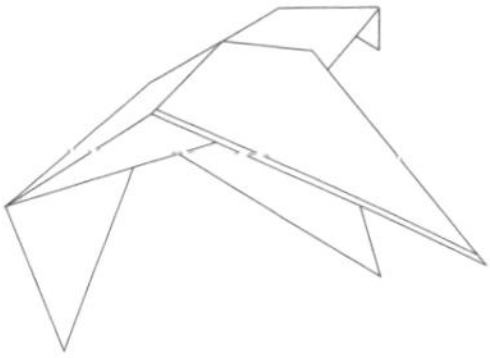

卷四 穿越國境

皇室物語

卷一

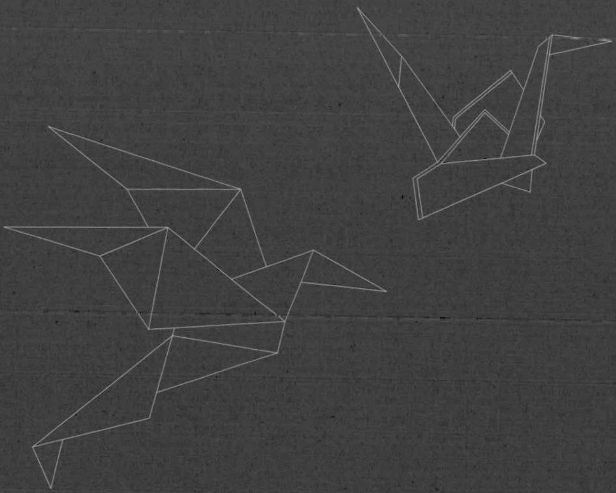

天皇的緊急求救信號

天皇的真實姿態與聲音
第一次在電視上公開播放，叫許多日本人衷心驚訝。

二〇一六年八月八日下午三點，當時八十三歲的日本天皇明仁在電視上表示：近來感到年邁老化，身心健康不如從前，故希望在有生之年，從天皇地位退下來，能把職位讓給兒子。那是天皇的眞實姿態與聲音第一次在電視上公開播放，叫許多日本人衷心驚訝。雖然天皇跟別人說話或者在集會上致辭的聲音之前也播放過很多次，但是通過電視直接向全體國民表達自己的想法，倒是他二十七年前登基以來的「平成」年間是不折不扣的第一次。

當時，稍有歷史知識的人都想起了一九四五年八月十五日正午的「玉音放送」，即他父親前天皇裕仁通過電台廣播向全體日本人傳達了國家已經戰敗，爲了避免民族絕滅，向同盟國無條件投降的消息。姜文的《鬼子來了》和侯孝賢的《悲情城市》都把那次的廣播容納在電影情節裡。想起那麼久以前的歷史事件，不外是因爲在後來的七十多年裡，再也沒有過類似的例子。

不少人甚至想到：明仁天皇這次的行爲到底有沒有憲法根據？算不算違反憲法？因爲日本國憲法第一章第三條就規定：天皇有關國事的一切行爲，需要內閣的諮詢與承認，並且由內閣對此負責。然而，八月八日的電視發言，顯然省略了內閣的諮詢與承認，卻直接由天皇親信跟公共電視台聯繫，定好了播放時間以後，也叫所有其他電視台同時播出早一天準備好的錄影內容。

再說，根據憲法以及有關法令，天皇職務是終身的，去世以後才由皇太子繼承其地位。如果因病等事由不能執行職務，則可以設置「攝政」。但是，生前退位是在法律規定之外，免得發生天皇被任何政治勢力迫使退位的情況。若要按照他本人的希望生前退位的話，則需要另定法律了。這一點似乎無疑違背憲法第一章第三條的規定。

儘管如此，日本甚少有人對明仁天皇的「越軌行爲」抱有反感。原因有二。

首先，他跟美智子皇后過去幾十年來的所作所爲，尤其他們夫妻對侵略戰爭的反省、對和平憲法的擁護，以及對歷次災民的慰問，博得廣大國民的支持和稱讚。尤其安倍晉三首相上台以後，他的右翼意識型態叫不少日本人吃不消，相比之下，天皇和皇后體現的思想顯得中肯溫和很多。結果，連本來反對天皇制的左派人士，都開始公開支持天皇和皇后了。例如，著名的法國思想專家內田樹，就出了一本書叫做《街場天皇論：我爲何成爲了天皇主義者》。換句話說，現時日本，幾乎全民一致地支持天皇和皇后；跟對此問題國民意見曾激烈分化的他父親天皇裕仁時代非常不一樣。

第二，多數日本人擔心除非採取大膽措施，日本皇家在不遠的將來就會消滅。然而，安倍首相要看以「日本會議」爲首的極右勢力臉色，視這問題爲燙手山芋，結果長期怠慢，加深了天皇、皇后的精神壓力。天皇主動表示要生前退位，等於迫使政府以及國會修改有關條例。國民理解天皇的電視發言有緊急求救信號的意思，在皇室和政府顯然對立的局面下，要站在天皇和皇后一方。

皇室面臨消滅危機？

經第二次世界大戰以後同盟國占領軍主導的改革，日本皇家的規模已經縮小到極點：目前只有前任和現任兩位天皇的直系子孫及其配偶，總共十八個人而已。其中，有資格當

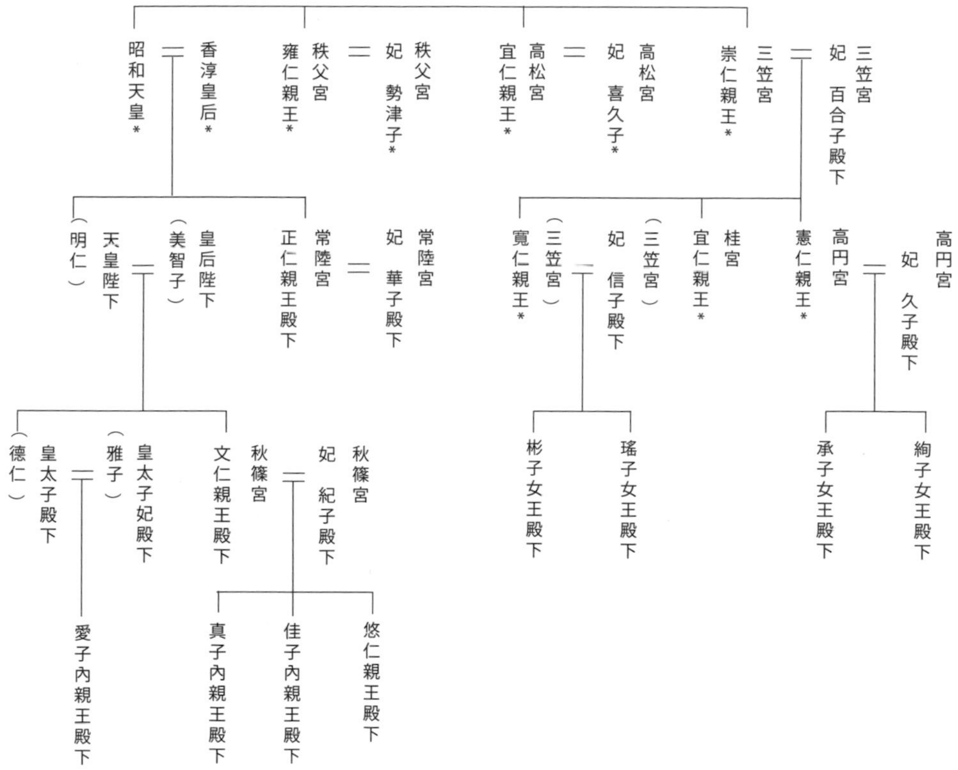

資料來源：日本宮內廳網站（★號表示已歿）

天皇的男性皇族僅有四個，分別爲：明仁天皇的弟弟常陸宮正仁親王、長男皇太子德仁親王、次男秋篠宮文仁親王、以及長孫秋篠宮悠仁親王。前任裕仁天皇是四兄弟的長男；現任明仁天皇則是兩兄弟的長男，但是原先另外三個堂弟都有資格當天皇，只可惜他們都先走了一步。即將成爲新天皇的德仁皇太子卻唯有一個弟弟秋篠宮，而完全沒有堂兄弟。到了再下一代，因爲皇太子只有一個女兒敬宮愛子內親王，根據現時法例，將來能當上天皇的只有秋篠宮的長男悠仁親王一個人。

日本皇室面臨消滅危機有幾方面的原因。原同盟國主導的改革是其中之一。爲防止日本以皇族爲核心而再走軍國主義的道路，在盟軍占領下的一九四七年，除了天皇直系的親王家以外，之前屬於皇室的十一個家族共五十一個人被迫脫離皇籍，成爲了平民。如果那五十一個人沒有離開皇室而順利娶嫁添丁，今天的皇位繼承人不會只有仍年少的秋篠宮悠仁親王一個人。

其實，直系男子繼承制本身可以說是危機的一個重要原因。如果拋棄性別歧視性質的條款而讓女性皇孫都擁有皇位繼承權的話，那麼目前就有三個內親王和幾個女王，應該能夠把危機拖延至少幾十年。然而，「日本會議」等極右勢力，以守護傳統之名，堅決反對女性當天皇，也不肯承認女系天皇，即讓內親王的兒子當下一代天皇。

日本皇室多層面的困難

另外也有社會價值觀的變化。直到裕仁天皇的父親一輩，日本皇室曾有側室制度。如果哪個皇后不能生兒子，側室生的孩子也一樣可以繼承皇位的。大正天皇就是明治天皇和一名女官之間的孩子。然而，二十世紀以後，皇室開始被視為平民百姓家庭的典範，其中就包括一夫一妻制的貫徹。

尤其到了明仁天皇和美智子皇后的一代，當年二十出頭的皇太子跟平民實業家之女兒在高級避暑地輕井澤的網球場彼此認識、培養感情的過程，廣泛在大眾媒體上報導，成為了全日本無人不知的愛情神話。誰料到，那種顯然受西方影響的「皇室羅曼史」，反過來使得兩位的長男皇太子德仁親王成年以後找對象很不容易。在全體日本人都期待新版「皇室羅曼史」的情況下，他不能走古老東方式的相親一條路而叫大家失望，非得活出跟父母一樣自由浪漫的戀愛故事不可。然而，另一方面，日本的大眾媒體也向來仔細報導，從平民家庭嫁入皇室的美智子皇后，結婚以後，在高牆之內的東宮御所，孤立起來受了多少霸凌，因而患上了失聲症、帶狀疱疹等一系列疾病。「麵粉廠的女兒」曾是常聽見的皇后綽號，不外是因爲她父親是日清麵粉公司的老闆。那些眞實版宮廷劇的報導嚇壞了下一代的皇后候選人。她們嫁的嫁，跑的跑，根本不把皇太子當作鑽石王老五。何況德仁親王其人，雖然憨厚老實，但是外貌平平，一點都不像弟弟文仁親王：他從大學時代起，就親自開著德國金龜車到處跑，還把頭髮剪成披頭四模樣，顯而易見是名副其實的花花公子，果然比哥哥早結婚。

可見，日本皇室所面對的困難是多層而且全方位的。一方面有美國等原敵國根據政治盤算而限制其規模，另一方面有國內的極右勢力反對女性天皇以及女系天皇；他們主張讓七十年前脫離了皇籍的五十一人之子孫回到皇室，卻遭到廣大社會的反對，今天的日本人已經不能接受光天化日下的性別歧視以及血統主義。傳統的側室制度不再被接受，媒體和國民卻期待著迪士尼卡通片灰姑娘一般浪漫的愛情故事；只是當灰姑娘眞正嫁入了御所以後，大家都等不及就開始盡情說壞話，直到人家給精神科御醫診斷說：由於適應障礙症，需要休養一段時間。美智子皇后患上一系列疾病早已遍體鱗傷；雅子皇太子妃則一請病假就是好幾年。

對於日本皇室所面對的困難，明仁天皇比誰都清楚。他要生前退位，是爲了把自己和美智子皇后過去二十七年來細心建設的「平成式皇室模型」順利地讓皇太子夫妻接手。如今，連平民百姓爺爺奶奶都流行搞「終活」，即生前就把自己的後事準備好，何況一代又一代地被各種政治勢力利用過來的天皇與皇后！

被稱吉米的明仁天皇

每次自然災害發生，天皇、皇后都在第一時間裡趕到災區的避難所去，
還往往在地板上跪下來，以跟老百姓平起平坐的姿態，安慰一個又一個災民。

明仁天皇一九三三年十二月出生，比我父親（一九三四年二月出生）只大兩個月。美智子皇后一九三四年十月出生，比我母親（一九三五年十月出生）大一年整。兩對夫妻都於一九五九年結婚。天皇家的長男德仁親王一九六〇年二月出生，跟我哥哥（一九五九年十一月出生）只差三個月。我上高中的時候，德仁親王就讀高中三年級。雖然彼此學校不一樣，但是在兩所學校之間有定期的體育比賽；那一年德仁親王是學習院高級中學網球隊的隊員，沒有比賽的時候，還在帳篷下的小賣部賣可口可樂，很是親民，平民化的。

小時候，母親常說：「美智子妃跟我身高、體格都差不多。她穿過的衣服，若能給我的話，應該完全合身的。不給衣服，光光是她戴過而不要再戴的帽子

就有很多吧。會不會讓給我呢？如果我寫信過去的話。」估計她是在說夢話，實際上並沒有寫信過去。儘管如此，平民家庭出身的美智子妃，叫底層老百姓的我母親都覺得那麼親近。無論我母親多愛做夢，也不會夢到向美智子妃的婆婆即裕仁天皇的夫人要舊衣服、二手帽子的。

說實在，裕仁天皇的夫人叫什麼名字，很少有日本人知道的。她健在的時候，我們都只叫她「皇后」；不在了以後，又叫她「昭和皇后」，用的是裕仁天皇在位時期的年號。如果說到「良子皇后」，估計多數人反而不清楚究竟是誰了。都是因爲傳統上，日本受中國文化的影響，有避諱的習俗，不敢叫貴人的本名。相比之下，日本傳媒稱明仁天皇的夫人「美智子妃」，一般人則叫她「美智子桑」，跟在平民百姓朋友之間的稱呼完全沒有分別，個中根本沒有避諱可說。畢竟，她是平民出身，而且時代環境變化了。如今日本是民主國家，而非君主制。根據同盟國占領軍擬稿的憲法，日本的主權在於國民，天皇則是「國民統合的象徵」，猶如國旗、國徽一樣。

再說，「美智子桑」本人思想很開放，竟把幼年時代的德仁親王稱爲「德將」（阿德）的。那也可說是破天荒的歷史事件。雖然是親生兒子，將來一定要當天皇的人，傳統上絕不可以阿某阿某地叫的。美智子妃是富有實業家的女兒，從小學鋼琴、豎琴，通曉英文、法文，能打網球，以優秀的成績畢業於天主教聖心女子大學，再加上年輕時候令人頻頻回頭相看的美貌，全日本沒有幾個女孩子能跟她比肩，更何況在小小的原貴族圈子裡。贏得了明仁皇太子心的「美智子桑」絕不是一般的平民女子；她既有見識又有膽量。兩人結婚以後，主動廢止了傳統的奶媽、撫育官制度。據說，明仁天皇按照老規矩，在三歲三個月時就被迫離開父母兄弟姊妹，一個人長大的孩提時代常感到非常寂寞。於是，在日本皇族史上第一次，明仁、美智子夫婦，親手帶大了三個孩子們。不僅如此，孩子們上了幼兒園以後，每年的運動會，兩位就跟平民百姓同學們的父母親一起，積極參加了家長賽跑等項目。

不，我是皇太子

明仁天皇的父親裕仁天皇，曾是大日本帝國陸海軍總元帥；日本戰敗之後，按道理該站在遠東國際軍事法庭上受審的。然而，占領日本的盟軍司令麥克阿瑟元帥，為當時冷戰即將開始的國際政治環境考量，最後決定不告發他了。同時，叫天皇自己公開否定之前廣泛宣傳的「現人神」之說，並且做出聞所未聞的「人類宣言」。然後，在美軍擬稿的新憲法下，裕仁天皇當上「國民統合的象徵」，不再擁有政治以及軍事方面的實權，好歹繼續在位到一九八九年一月，八十七歲瞑目爲止。對此在日本國民中曾有激烈的反對意見。畢竟，從他登基的昭和元年到向盟軍無條件投降的昭和二十年之間，以天皇之名而戰死的本國軍民就有將近三百萬，其他國家民族的受害者更有好幾倍。總元帥怎麼可以不負責任？怎麼可以不主動下台？

一九四八年十二月二十三日是當年皇太子明仁十五歲的生日。那天，包括東條英機、松井石根、坂垣征四郎在內，七名甲級戰犯在東京巢鴨監獄裡被處了絞刑。一般相信，盟軍方面是故意選擇明仁的生日施行死刑的，爲的不外是萬萬不讓他走跟父親一樣的軍國主義道路。當時的皇太子明仁，在父親裕仁天皇的安排下，跟美國籍的基督教女作家伊麗莎白·格雷·維寧學英語。她上課的時候，稱皇太子爲「吉米」，最初被他糾正說：「不，我是皇太子。」乃在日本戰後史上一則較爲著名的花絮。相比之下，七名甲級戰犯就在他十五歲生日被處刑的史實，在日本甚少被提到，如今可謂鮮爲人知。英語老師維寧夫人，在後來撰寫的《皇太子的窗戶》書裡寫道：那天，裕仁天皇躲在房間裡不出來，所以跟往年的生日不一樣，明仁皇太子不能受父親的祝賀。二〇〇九年，當時當東京市長的非小說作家豬瀨直樹，出版了《吉米的生日：美國在明仁天皇身上刻印的「死亡暗號」》一書，也沒有引起多少反響。果然，日本人的集體下意識想要盡可能忘記不吉祥的歷史事件。

七名戰犯被處刑的十年以後，二十五歲的明仁皇太子選擇教會學校的高材生正田美智子爲結婚對象，估計多少受了維寧夫人的影響。據說，當時在皇室裡就有一些人反對皇太子要跟有教會背景的平民女子結婚；畢竟天皇是日本神道的最高位神官，有好些神道儀式都要皇后一起舉行或參與的。

總是第一時間趕到災區慰問

裕仁天皇在位的昭和時代，廣大日本知識分子當中，至少有一半是反對天皇制的。當年，他們對皇太子夫妻也不太看好；在民間，常把美智子妃揶揄爲「麵粉廠女兒」的就是那些左派知識分子。他們對皇室的態度開始轉變，就是全世界動蕩的一九八九年，裕仁天皇因癌症去世，由明仁、美智子兩位成爲天皇、皇后，君臨「平成」日本以後的事情。

當時，明仁天皇五十六歲，美智子皇后則五十五歲。結婚三十年以後，當初美如明星的年輕女孩，早就被時間折磨成老女人了。雖然她的身材仍舊苗條，但是堅決不染白頭髮，好像故意不使自己顯得年輕漂亮。光看她的樣子，國民都知道她嫁入皇室以後吃的苦多麼大。她那模樣簡直像是當了全體日本人的替罪羊，高瘦的骨架更叫人聯想到走向各各他山的耶穌基督。

裕仁天皇和明仁天皇的區別，主要在於前者曾做過「現人神」，而後者從小只做過人。另外就是，一九四五年日本戰敗時，明仁天皇才十二歲，基本上沒有戰爭的包袱。同盟國占領軍在十五歲的皇太子身上烙的印，雖然從外邊瞧不到，但是看他們夫妻的行爲，似乎一分一秒都沒有忘記似的。

這些年，他們去日本國內、國外各地追悼戰爭死者，也跟太平洋戰爭時期被關在日軍收容所受了虐待的各國俘虜見面交談，以圖緩和人家心中的痛苦。二〇一一年，當東日本大地震、海嘯、核電站事故連續發生，但在政壇上偏偏缺少國民可信可靠的領導人時，天皇就發表錄影講話而慰問了災民以及坐立不安的許多人。每次自然災害發生，天皇、皇后都在第一時間裡趕到災區的避難所去，還往往在地板上跪下來，以跟老百姓平起平坐的姿態，安慰一個又一個災民。

不僅如此，他們在逢生日等場合發表的談話中，也不停地提醒國民：不要忘記從九一八事件開始的戰爭造成了多麼嚴重的慘劇。我印象最深刻的是，二〇〇一年的生日，天皇發表的聲明中講到：西元八到九世紀在位的桓武天皇之母親是朝鮮半島百濟國武寧王的子孫。他說：給日本傳來高級文化的百濟人後代，至今還有在宮內廳樂部當樂師演奏古代雅樂的。聽到那次的發言，我就想起來了，原武史著《大正天皇》裡有記載：裕仁天皇的父親曾疼愛大韓帝國最後的皇太子李垠，爲了跟他溝通，還學過韓語。跟日本社會常歧視韓國的態度呈現明顯的對比，叫我對天皇的思想開明刮目相看了。

雅子妃的適應障礙

她個子高，眉目清秀，頭腦清晰，是毫無疑問的。
到底性格積極不積極則很難說了；
任何人患了十多年的適應障礙以後，不大可能積極外向了。

二〇一九年四月三十日，明仁天皇退位，平成時代就閉幕。第二天要登基爲新天皇的皇太子德仁親王比我大兩歲。妻室雅子妃則一九六三年十二月出生，比我約小兩歲。我上大學的日子，恰好是德仁親王找結婚對象的時段。當年他從學習院大學畢業，繼續在日本以及英國的研究生院研究中世紀泰晤士河的水運歷史。在當時網路還沒有普及到民間的情況下，日本的各份雜誌紛紛報導誰會是將來天皇的意中人。據報導，天皇的母校學習院大學、他常去參加活動的各國大使館等，頻頻舉辦各種大小規模派對，以便叫德仁親王認識到不同的女孩子們。

候選的親王妃該有圓滿的家庭背景和良好的教育背景。已到一九八〇年代了，在戰後新憲法下成長了足足一代的日本人，早就不流行說什麼貴族、平民了。但是，將來當皇太子妃、皇后的人，非得身體健康、眉目清秀、頭腦清晰、性格積極，而且年紀跟德仁親王相配等等。能滿足全部條件的人，估計全日本也沒有幾個。尋找那理想的候選妃，簡直跟尋找唯一能穿上玻璃鞋子的灰姑娘一樣困難。

記得當年在新聞雜誌上看到名字和相片的候選親王妃，好像有三、四個吧。但是，一九八〇年代日本，跟格林兄弟時代的歐洲可不同；聽到王子找對象，大多數人不是踴躍參加宮廷舞會，反之要逃之夭夭的，不外是大家認爲，嫁入了皇室，麻煩苦頭該多於樂趣甜頭所致。所以，嫁的嫁，出國的出國，最後被堵住的就是父女兩代的外交官小和田雅子，估計給上官勸說了：好好考慮國家利益吧。據報導，她和德仁親王是一九八六年，在訪問日本的西班牙女王之歡迎聚會上第一次見面的。後來幾經周折，一九九三年終於舉行了婚禮。當時皇太子德仁三十三歲，雅子妃則二十九歲。

我清楚地記得他們結婚的一九九三年，也是比爾·柯林頓當上美國總統的年分。歷史上第一次，日本皇太子娶了能幹的職業女性。歷史上第一次，美國的第一夫人被說成比丈夫還要聰明優秀。當時，雅子和希拉蕊的形象是頗相似的。沒有想到，兩個人後來的命運將會完全相反。

雅子妃的皇室障礙

雅子妃的父親是東京大學和劍橋大學畢業的外交官小和田恆。由於父親的工作，女兒雅子從小在蘇聯、瑞士、美國等不同國家生活及受教育長達九年，跟她中間回日本受教育的時間差不多。結果，她除了母語日語以外，還能說英語、俄語、德語等。如果說，明仁天皇娶美智子妃，多少受了美國籍英語教師維寧夫人的影響，那麼德仁親王娶雅子妃，估計受母親美智子妃的影響最大。美智子妃是既聰明又能幹，加上有見識和膽量的一個人。作爲她兒子，德仁親王對自己妻子的要求自然會很高。只是，從後來雅子妃因病長期休養的情形來看，好像就是德仁親王選對象選錯了。

雅子妃既聰明又能幹是毫無疑問的：她畢業於哈佛大學經濟學系，回日本就讀東京大學期間考上了外交官。哈佛、東大、外交部，根本是百分之九十九以上的日本女子沾不上邊的。德仁親王向她求婚時，恐怕考慮得不夠周到的，就是雅子的日本文化背景不夠深厚。既然她雙親都是日本人，即使住在海外，相信家庭用語一貫是日語。但是，從小在西方生活以及受教育，她接觸到的傳統日本文化，尤其是神道方面的經驗與知識，自然很有限。以她優秀的頭腦，相信世界上的很多事情，都可以看書或者文字資料就能掌握。然而，傳統日本文化，尤其神道，有個很與眾不同的特點，乃自古不用語言講述教義，即「神道不舉言」的傳統。

跟其他宗教不同，日本神道沒有開創教祖也沒有寫下來的教義，連對個別儀式、行事的說明往往都完全不存在。所以，外國人常常提問，神道到底算不算是一種宗教，是有原因的。儘管如此，天皇作爲最高位神官，在宮廷深處，定期舉行的種種儀式，從古代到今天持續了一千多年，亦是不可否認的歷史事實。其中很多屬於祕儀，從來不對外公開的，加上沒有文字記載，相信有不少程序，由今天的局外者看來，顯得相當古老原始。皇太子自己從小在那環境裡長大，對於古老甚至原始的神道儀式，都該有一定程度的理解和接受。然而，在海外長大的第二代外交官不一樣，雅子妃對西方語言文化的深厚造詣，反而會成爲理解並接受古老日本宗教的障礙。再加上美智子妃長年被折磨的種種宮廷內霸凌，雅子妃感到的精神壓力導致了神經衰弱並不奇怪。

雅子妃請病假是結婚十週年的二〇〇三年開始的。當時，他們的第一胎剛滿兩歲，雅子妃自己則滿四十歲了。拋開不談個人的感情，皇太子結婚的目的，首屈一指是給皇家生個繼承人。若像美智子妃，結婚第二年就生長男，幾年後又生次男，最後生長女而畫龍點睛的話，那麼一切都沒有問題。或像德仁親王的弟弟秋篠宮的夫人，雖然結婚以後連續生了兩個女兒，但丈夫又不是天皇家老大，那麼問題也暫時不很大。然而，德仁皇太子和雅子妃結婚以後，等待八年，第一個孩子才出生；那是個女娃娃敬宮愛子內親王。如果在一般家庭的話，今天往往更喜歡女兒，因爲長大以後都會跟娘家繼續親近來往。可對古老的皇室而言，情況則很不一樣。

宮內廳「好管閒事」

二〇〇三年六月，皇太子夫妻結婚十週年之際，宮內廳長官湯淺利夫就發表聲明說了：希望早日見到東宮第二胎。考慮到當時雅子妃已經三十九歲，那樣的發言即使對一般女性都算是很殘酷的，是「好管閒事」的。何況對負責以血肉之軀生出未來天皇的雅子妃來說！對民間掀起的批判之聲，宮內廳卻反駁道：是揣度天皇、皇后的心情說的。同一年十二月十一日，湯淺長官厚著臉皮，進一步說了：希望秋篠宮家嘗試生第三胎。其「好管閒事」的程度，可寫在歷史書上了。果然，第二天，雅子妃因精神壓力過高而出了帶狀疱疹，需要長期休養的消息傳播開來。之後的十多年，她基本上一直請病假，沒有完全回到崗位上。

到底宮內廳是要維護皇室還是要攻擊皇室的？顯而易見，跟右派政治家一樣，宮內廳官僚也最關心自身的政治利益，說著要守護傳統，其實只管沿襲舊例，對於個別的皇家成員，包括現在和未來的天皇、皇后，卻不一定尊敬、尊重。果然，德仁皇太子很惱火，在翌年五月，單獨往歐洲出發前的記者招待會上，說道：「本來要攜帶雅子一起去，但是她患病不能去，感到非常遺憾，至於生病的原因，有些人要否定雅子的專長以及人格是事實。」

二〇〇四年七月，雅子妃的御醫發表診斷說：皇太子妃患有適應障礙症，沒有恢復之前，不能擔任公務。顯然，她是對皇室的環境，包括「好管閒事」的宮內廳長官，適應不過來。從前在文學作品裡經常出現的神經衰弱一詞，從此被適應障礙代替了。如今對上課、上班有困難的日本男女老少，一般都被診斷爲適應障礙。

對明仁天皇要生前退位的希望，除了保守主義的極右派以外，日本上下大體都同意並支持。只是大家都私底下擔心：雅子妃到底能不能繼承美智子妃的職能？大概很困難吧。即使不是雅子妃，任何人在她的位置都一樣會面對困難吧。一來美智子妃太偉大了，二來，日本皇后的角色太充滿矛盾了。既然由誰來當都不容易，那麼雅子妃並不算是不好的選擇。她個子高，眉目清秀，頭腦清晰，是毫無疑問的。到底性格積極不積極則很難說了；任何人患了十多年的適應障礙以後，不大可能積極外向了。但是，擴大視野看外國的例子，跟日本皇室一樣尷尬的局面並不少見。

皇室與謊言

曾經不可睜眼看的種種事情，
後來擺在光天化日之下，難免叫人覺得很尷尬。

回頭看，一九八九年是世界歷史的一個轉折點。就在那一年，中歐和東歐的社會主義政權一個一個地倒下來。在日本，則是君臨東瀛六十四年的裕仁天皇去世了。

記得一九八八年十二月底，我從旅居地加拿大飛回東京。在等待元旦的幾天裡，跟傳媒界朋友們聚會聊天。當時裕仁天皇病危已經有兩個月，各家媒體天天報導天皇當日的體溫、脈搏、輸血量等等，間接地叫全國人民知道他的日子不會很久了。社會上一些活動自行約束停了下來。然而，私底下，大家都跟平時沒有分別。畢竟是八十七歲的老人，實際上也早就從公務退下來了，即將去世沒什麼好大驚小怪的，甚至有好幾個人都說：

「其實啊，天皇的死期是已經決定的，是明年一月七日星期六的早上。這樣子，大家都過完了陽曆新年，正準備九日星期一回崗位。在星期六、星期日兩天內辦完一系列有關事務，九日大家就能在新的天皇即位下開始過新的一年。各方面都很方便，對不對？反正早已是插管維持的生命了嘛。」

結果呢，第二年一月七日早晨，我醒來就被父親告知：

「天皇剛過世了。妳聽到的那則風聞成眞了。」

看看電視，幾乎所有的頻道都在報導天皇於六點三十三分瞑目的消息。不僅是平日播送的種種節目，而且全部廣告都停播。當天下午，政府發表新的年號「平成」，並由皇太子明仁登基爲新的天皇。一切都進行得很順利，可以說太順利了，簡直像早排練過似的。天皇換代是國家大事，過程中出了什麼意外就不得了。所以，小心翼翼的官僚們一定要事先準備好。對他們來說，最重要的始終是自我保身。相比之下，讓天皇之生命順其自然，重要度便低很多。

曾經在日本的軍國主義時代，裕仁天皇不僅是皇軍大統帥，而且是「現人神」，要老百姓當他是神仙來拜的。當年的父母、老師還會告訴小朋友說：

「不可以睜開眼睛看天皇，看了眼睛會瞎的。」

光天化日下不自然的謊言

日本戰敗以後，美國占領軍為國際情勢著想，決定叫日本皇室持續下來。但是，一方面限制了皇室的規模，另一方面則叫裕仁天皇做出了空前絕後的「人類宣言」，自行否定之前宣傳的神性。可以說，他在一億同胞面前丟盡了臉。日本人知道受了騙，生氣嗎？還是覺得好死不如賴活著？那得看他們當時的年齡，孩子是最小氣的，之前的「軍國少年」們從此不再原諒天皇。總之，日本上下都知道天皇會撒謊。果然，四十多年以後，他的死期顯得極其不自然，都沒有多少日本人覺得很意外。

一九四五年以後，日本皇室雖然持續下來了，但是曾圍繞皇室的神話則統統消滅。曾經不可睜眼看的種種事情，後來擺在光天化日之下，難免叫人覺得很尷尬。

二〇〇一年十二月一日，皇太子妃雅子生下了女兒敬宮愛子內親王。恰好我當時抱著剛出生不久還沒滿月的女娃娃。如果我早一點或者晚一點生孩子的話，也許跟大部分日本人一樣，在電視新聞節目裡看到皇太孫出生的消息都覺不出什麼不對來。然而，剛生了孩子的母親有與眾不同的眼睛。我看當天早上雅子妃坐汽車去宮內廳醫院的路上，還向路人揮手點頭的電視報導，就覺得有點不自然：她根本沒有很快就要生第一個孩子的緊張感。這是怎麼回事？而且，沒幾個鐘頭，馬上就傳出來女娃娃出生的消息。第一次分娩，會這麼順利、這麼快嗎？不過，我眞正吃驚的是，幾天以後，雅子妃抱著新生兒出院的時候。據發表，愛子內親王在十二月一日出生，比我家閨女小三個星期。可是，比一比自己懷裡的女娃娃和雅子妃抱著的內親王，她們之間，就是不可能有三個星期的差距。我從此確信，愛子內親王出生的眞實日期，應該是十一月中旬。

爲什麼宮內廳不能如實發表皇太孫出生的日期，要叫皇太子妃在一億國民眼前演戲呢？絕不要發生任何意外，因此什麼都要事先準備好，是官僚的習俗。這一點，我在裕仁天皇去世的時候學到了。但是，老人去世和娃娃出生是截然不同的局面。一個人垂垂老矣，最後的結論只有一個死字。但是，一個娃娃呱呱落地的時候，會發生的意外則五花八門了。恐怕，宮內廳官僚認爲：若有什麼意外需要對付的話，最好在沒有媒體關注的情況下先默默做好，當第一次跟國民見面之際，皇太孫非得有健康可愛的樣子。他們那麼想，也許沒有什麼奇怪的吧，大概唯一的問題是皇太子夫妻以及皇室成員的感受會怎麼樣呢？

平成三十年，其後呢？

根據日本國憲法，天皇的職位是終生的。近代以後，明治天皇、大正天皇、昭和天皇都瞑目以後才正式讓位給長子。這次，明仁天皇卻破例提出生前讓位的要求，估計跟他看過裕仁天皇去世前後的種種不自然措施有關。有人說：在當下日本，人權最受限制的無非是皇室成員。他們沒有戶口，沒有姓氏，沒有選擇職業、住處的自由；連結婚對象，都非得取得各方面的同意。想要換工作、搬家、離婚都不可以。明仁天皇，一出生就是皇太子，從小沒嘗過家庭的溫暖，一輩子要抵償父祖的罪。他一輩子唯一一次提出的要求是生前退位。生命最後的幾年，要在沒有公務的情況下隨心過，生命的結束則要順其自然，不要讓官僚扯謊，這該是他和皇后眞心的希望吧。

無論如何，明仁天皇和美智子皇后君臨了三十年的平成時代快結束了。中國歷史上，漢武帝改了十一次年號，唐高宗則用了十四個年號。明朝以後，中國就規定一帝一元了；日本則到了明治維新以後，才採用一世一元。明治四十五年、大正十五年、昭和六十四年、平成三十年，其後呢？迎接新時代，再從元年開始算時間，猶如超級過年一般，叫人期待耳目一新的好日子即將到來。

內親王的困惑

多數日本人希望皇室制度能持續下去。
為了持續，非得徹底改革的時刻，似乎差不多到了。

日本天皇明仁的兩個兒子，從小個性很不同。皇太子德仁個兒小稍胖長得像父親，二公子文仁身高體瘦長得像母親。皇太子年輕時愛爬山、拉大提琴，永遠把襯衫下襬整齊地塞在褲子裡。

相比之下，二公子文仁親王年輕時剪披頭四一般的洋蘑菇頭，鼻子下留著小鬍鬚，愛開德國金龜車兜風。當時，坊間有流言說：在學習院大學政治學系，只要報名跟文仁親王同一個班，保證不會不及格，因爲老師要把合格點拉下到親王的水準來。流言歸流言，可是一九八九年夏天，當日本宮內廳發表，當時二十三歲，正在牛津大學讀動物學碩士課程的文仁親王，即將跟學習院大學的學妹川島紀子結婚之際，很多國民感覺到了：恐怕有什麼原因非匆匆結婚不可。畢竟，那年初，親王爺爺昭和天皇裕仁剛剛去世，按道理孫子應該還在居喪，再說當時二十九歲的哥哥皇太子之婚事，八字還沒有一撇。

儘管如此，新娘紀子不僅長得很可愛，而且出身於並不特別富裕的知識分子家庭，結果博得廣大國民的支持，日本一時掀起了「紀子妃熱潮」。他父親是學習院大學的教授，一家四口人當時住在三房一廳共七十平方米（約合二十一坪）的大學教職員宿舍；當宮內廳有人帶聘禮過去的時候，連拉開長地毯的空間都不足夠。一九九〇年，文仁親王和紀子妃結婚，並建立了秋筱宮；九一年，長女秋筱宮眞子內親王出生；九四年，次女秋筱宮佳子內親王出生；二〇〇六年，長子秋筱宮悠仁親王出生。

皇室傳聞不斷

一九九三年，皇太子的婚禮，比弟弟晚三年，終於舉行了。他當時三十三歲，新娘雅子妃二十九歲，以現代標準並不算太遲。可是，婚後八年多的二〇〇一年底，皇太子夫妻之間的第一個孩子敬宮愛子內親王才出生。雅子妃是讀過東京大學、哈佛大學，還當過外交官的才女，英文、俄文都很流利。可是，一旦成了皇太子妃，她最重要的任務就是生孩子，尤其是有皇位繼承權的兒子。三十八歲，她終於生下的孩子是個女嬰，對此宮內廳竟然有官僚公開發表聲明說：爲皇室的存續著想，希望秋筱宮夫婦考慮再生育。紀子妃剛結婚不久時生了兩個女兒，時隔十二年，三十九歲還剖腹生產悠仁親王，相信跟宮內廳的呼籲有關。然而，這對雅子妃的打擊恐怕很大；她身心健康受損害，從二〇〇四年起，由於適應障礙進入了長期療養。

二〇一九年，天皇明仁將下台，皇太子德仁就要做新一代天皇了。他妻子雅子妃也就自動成爲皇后。坊間有人說，雅子妃的地位提高了以後，宮內廳官員也該不敢說三道四了，這樣子她身心健康恢復的可能性變高。只是，根據父系主義的日本皇室典範，愛子內親王沒有皇位繼承權。她父親做了天皇，叔叔秋筱宮就成皇嗣即候補天皇，再來是小她五歲的堂弟秋筱宮悠仁親王，再接下來沒有別人，只好等待悠仁親王將來結婚生兒子。

現時十六歲的愛子內親王，走過來的路也不容易。從她很小的時候起，母親一直有心病，很多本來該做的公務都非得請假，沒能參加，並且還爲此受批評。內親王自己也有幾次感到上學困難。可是，長期缺課馬上被宮內廳發表給媒體報導出來，導致雅子妃或皇太子親自送她到學校去。愛子內親王讀初中的時候，宮內廳一度發佈她的照片，骨瘦如柴到令人懷疑是否患上了厭食症的地步。幸虧，她不久就恢復了跟之前一樣的身材。可是，在她那一代的年輕人圈子裡，從此不斷有傳聞說：宮內廳「展出」來的愛子內親王其實是替身。

重男輕女父系主義怎麼變？

在如此這般的情況下長大，秋筱宮的女兒眞子內親王年紀輕輕就跟大學同學談到結婚，也就是決定從皇室嫁出去成爲平民，父母也給予同意，是可以理解的。兒女過自由、幸福的日子，是世上所有父母的意願。二〇一七年九月，宮內廳發表眞子內親王和在律師事務所兼職的一橋大學研究生的訂婚；同年十一月，更發表婚禮日期定爲一八年十一月。誰料到，三個月後，宮內廳又發表：兩位新人已決定把結婚日期拖延兩年。同時，日本媒體上氾濫著關於未婚夫一家人的閒話。尤其是他母親跟丈夫死別以後，一手帶大獨生子的過程中，曾有人提供經濟援助；那人現在向媒體透露：四百萬日圓的欠債還沒有還清。四百萬日圓數目不大，畢竟眞子內親王離開皇室的時候，就會收到一億多日圓的生活費。可是，聲譽就至關重要了。

日本皇族男性一生下來就面對將來一定或也許要做天皇的命運。那也不容易吧。至於女性，她們面對的選擇也夠困難的。戰後在美國占領下修改的皇室典範，一方面保持了重男輕女的父系主義，另一方面爲了限制皇室對政治的影響力而縮小了皇族範圍。多數日本人希望皇室制度能持續下去。爲了持續，非得徹底改革的時刻，似乎差不多到了。

內親王的苦戀

但是整個世界在改變。如今的英國皇室跟上世紀不一樣，
更不用說美國白宮了。顯而易見，二十一世紀是神話很難成立的時代。

根據一九四七年施行的日本國憲法第二十四條：婚姻只成立於兩性同意之基礎上，並且應該以夫妻擁有同等權利爲基礎，通過相互協力來維持。也就是說，只要成年男女雙方同意，結婚就能成立。具體而言，塡寫婚姻申請書，由兩個當事人和兩個證人蓋印，再跟雙方的戶籍簿一起交給公所即可。遭到家長反對的年輕情侶，手拉手跑到公所去，匆匆塡寫申請書，一下子成爲合法夫妻的人生戲劇，過去七十年裡每天都在日本各地重演。

唯一從自由社會給排除的是皇族。因爲他們沒有戶籍，不可能把戶籍簿跟申請書一起交出去登記結婚。不同於普通老百姓，皇族的出生是記錄在皇統譜上的。生爲男性皇族，就一輩子都無法離開皇籍，對此曾有位親王說過：簡直受著奴隸性的約束。女性皇

族的處境可不同；當跟平民男性結婚之際，就得離開皇統譜，要和新郎樹立新的戶口。

目前日本有兩位女性皇族，準備跟平民男性結婚而離開皇籍。

好事要快做 vs. 過長的春天

一個是明仁天皇的堂弟已故三笠宮崇仁親王的孫女三笠宮絢子女王。現在二十七歲的絢子女王，去年底通過母親介紹，跟三十二歲的日本郵船公司職員相識；兩個人馬上談到結婚，七個月後召開記者會發表。接著，八月中，舉行正式的訂婚儀式；新郎家贈送了有吉祥意義之鯛魚、清酒、禮服料子（以目錄代替實物），之後男方跟家長一起赴皇宮，和天皇、皇后見了面。婚禮則於十月二十九日，在明治神宮舉行。一切進行得相當快。正如日本有俗語說：「好事要快做。」

相比之下，天皇次子之女秋筱宮眞子內親王的婚事，若也用俗語比喻的話，可謂「好事多磨」。她跟國際基督教大學時期的同學小室圭來往有五年之久。對此，日本也有俗語說：「過長的春天」，意思跟「好事要快做」正相反。

大學時候的小室，當過東京郊外湘南海岸的「海之王子」，乃男性版選美之類。果然是雙眼跟明星一般亮亮的，內親王被吸引都不奇怪。二〇一六年十月就有週刊雜誌刊登兩個人戴著同款的戒指手鐲在電車上親密交談的照片。翌年九月，秋筱宮家取得天皇的許可，召開記者會發表了即將於一八年三月舉行訂婚儀式，同年十一月舉行婚禮。可是，後來傳出的消息稱：身為寡婦的小室母親跟原未婚夫之間有金錢糾纏。麻雀變鳳凰的故事，世上歷來有很多。可是，單身母親向朋友借錢送去學校的男孩，一邊在法律事務所打工一邊還在讀研究所，就要跟內親王結婚，可以說是破天荒的事。然而，對於敢做出破天荒決定的美男子，少女燃燒戀情是可以理解的。只是，看來她父母秋筱宮夫妻之前並沒有好好理解女兒戀人的家庭背景。等媒體報導紛紛出來之後，才叫小室母子過來談話，可還是談不清事情的所以然。

二〇一八年二月，宮內廳發表，眞子內親王的婚事要延期兩年。過半年，傳出來的消息說：內親王的戀人要去美國讀為期三年的法學院，準備取得紐約州律師資格。其間的生活費，由他工作的法律事務所資助，第一年的學費則得到了校方發的獎學金。美國大學方面，最初發表：日本內親王的未婚夫要來留學。後來，宮內廳抗議說：沒舉行訂婚儀式，不能叫他為未婚夫。但是，他跟內親王一起召開過關於結婚的記者會；沒有正式取消之前，兩個人屬於準訂婚關係，該說是國際社會的常識。

有為愛私奔的勇氣嗎？

在日本媒體上，有人把他們比做羅密歐與茱麗葉；由於家庭背景而不能在一起的一對戀人。有人在媒體上鼓吹內親王無論如何都不要放棄初戀。如果是平民百姓，手拉手跑到公所辦結婚登記就成了。可憐內親王沒有這條路可走。比較麻煩的是，女性皇族結婚而離開皇籍的時候，根據皇室經濟法，要從國庫付出一億多日圓（約合兩千八佰多萬台幣）的準備金。那筆錢來自國民繳的稅。若要從中還清新郎母親之債務的話，恐怕不少納稅者會不服氣。

從前的日本人普遍尊敬皇室。即使天皇不是神，萬世一系之說也不屬實，他們家的歷史還是與眾不同。進入了明仁天皇、美智子皇后的平成時代後，雖說神聖感減少，但是人味則增加，滿多人還是尊重皇室的。以過去的價值觀念來看，麻雀般的男孩不打下事業基礎之前跟內親王談結婚，或者他母親的老情人出來跟媒體說金錢問題，都是極其不尊重皇室的行爲。但是整個世界在改變。如今的英國皇室跟上世紀不一樣，更不用說美國白宮了。顯而易見，二十一世紀是神話很難成立的時代。

眞子內親王的苦惱，一部分來自男女不平等的皇室典範，也有一部分來自人人不平等的天皇制本身。秋筱宮夫妻跟平民父母一樣允許女兒談自由戀愛選擇結婚對象，可是後來知道媒體報導的內容有根有據，已告訴小室母子：在情況改變之前，不能舉行訂婚儀式。換成平民父母，也會說一樣的話嗎？估計會吧。那麼，我還是希望眞子內親王至少有憑著愛情私奔的可能性。想到這兒，我忽然發覺：跟被王子看上而嫁入王宮的灰姑娘相反，日本內親王要麼只有從皇室被踢出去或被關在其中這兩條路。除非引進兩性完全平等的皇室制度，日本的皇室典範起碼得加一則規定，允許內親王自由離去才對。

卷二

動盪社會

再見SMAP！大除夕夜的茫然

現場以及全國電視機前的幾千萬觀眾，到最後一剎那都在衷心等待著：
也許、也許、也許SMAP會出現。

每年的十二月三十一日，我家都看著ＮＨＫ電視台的《紅白歌合戰》吃年夜飯。我小時候的家如此，我結婚以後的家亦如此。《紅白歌合戰》是眾歌手以性別分成紅白兩隊進行的歌唱對決，全部歌曲都唱完以後，由身在東京澀谷ＮＨＫ音樂廳的三千多名觀眾投票決定，該年的表演到底紅隊優秀，還是白隊優秀？投票的方法，以前很長時間都用紅白兩面的紙製扇子：支持紅隊的人顯示出紅色的一面，支持白隊的則顯示出白色的一面。然後，有請帶著雙筒望遠鏡來的「日本野鳥觀察會」成員們，用計數器來數一數各隊贏得的票數有多少。那場面，眞有點兒意思。

我從二十幾到三十幾歲，出國到海外留學、工作了十餘年。一九九七年回日本定居以後，幾乎每年的《紅白歌合戰》都是白隊壓倒紅隊。原因很簡單：

以SMAP為核心，屬於傑尼斯事務所旗下的男性偶像組合越來越席捲整體節目。當初還只有SMAP和TOKIO而已，二〇一〇年以後，嵐、關8、V6、Sexy Zone等也一個一個地加進來。到了二〇一五年的第六十六屆《紅白歌合戰》，連五十一歲老大哥近藤真彥也通過時間隧道出來壓軸。那一次，在紅白兩隊總共五十二組的男女歌手中，傑尼斯團隊就有七組：至於總人數，SMAP五個人、TOKIO五個人、嵐五個人、關8七個人、V6六個人、Sexy Zone五個人，再加上近藤真彥和早期曾屬於傑尼斯事務所的鄉廣美，一共有三十五個人。

沒錯，這些年，著名製作人秋元康旗下的大型女性偶像組合也越來越多；以二〇〇五年底出道的AKB48為先驅，到了二〇一四年，竟然增加到HKT48、SKE48、NMB48，以及大姐級的AKB48，總共四隊在《紅白歌合戰》的舞台上唱唱跳跳賣可愛。不過，傑尼斯所屬的男偶像和秋元旗下的女偶像，性質有所不一樣。傑尼斯的組合，人數一般都在七、八個以下，叫粉絲們容易辨別誰是誰。相比之下，秋元旗下的女性偶像組合，人數多到一般粉絲無法辨別，而且她們到了一定的年齡就會退出組合並成為獨立藝人，然後由新人成員來補充她們留下的空缺。結果，整體組合一直不停地新陳代謝。

全日本家喻戶曉的天王

其實，傑尼斯所屬的男性偶像，以前也曾新陳代謝的。從最早期的Johnny's（一九六二年成立／六七年解散）開始，Four Leaves（一九六七／七八）、TANOKIN三人組（一九七九／八三）、澀柿子隊（一九八二／八八），直到光源氏（一九八七／九五）爲止，都是一過高峰期就給學弟們讓了明星地位的。比SMAP早一點，一九八五年出道的少年隊，也到了二〇〇八年就從傑尼斯歌舞劇主角的地位退了下來；當時三個成員錦織一清、植草克秀、東山紀之，分別爲四十三歲、四十二歲、四十二歲。之後的少年隊，雖然沒有解散，隊長錦織一清發福成了大叔，最近主要當話劇導演，植草克秀則改行爲電視演員；只有東山紀之一個人，還在除夕夜的傑尼斯跨年演唱會上，跟年輕學弟們一起唱唱跳跳，最後又空翻一番給大家看個厲害。

可以說，在傑尼斯事務所的歷史上，SMAP是活動時間最長的組合：從一九八八年到二〇一六年，前後二十八年一直作爲現役偶像活躍於日本娛樂圈。最初他們是從十一歲到十五歲的男孩子。九一年第一次上《紅白歌合戰》舞台的時候，也才十四歲到十八歲而已，由於日本的勞動基準法不允許未成年在深夜裡工作，所以開始的幾年，他們都在節目剛開幕不久的七點多時段裡唱完歌後回家去的。可以說，日本的電視觀眾們，這些年一直目擊了：他們從出道，經人氣逐漸提高，最後達到娛樂圈的最高點，並努力守住了好幾年天王地位的整個過程。木村拓哉、中居正廣、稻垣吾郎、草彅剛、香取愼吾五個人的名字，實實在在家喻戶曉，說他們是全日本家庭的親戚男孩都差不多。

一九九八年，他們第八次參加《紅白歌合戰》時唱的〈夜空的彼方〉，受到全國男女老少的歡迎，很多人心中收到了SMAP的鼓勵。二〇〇〇年的〈獅子心〉以及〇三年的〈世界上唯一的花〉，更可以說是近年日本甚少出現的全民性流行歌曲。果然，從〇六年起，中居正廣隊長連續四次擔任了三個主持人之一。那幾年的《紅白歌合戰》簡直就是以SMAP爲焦點的節目，年年白隊拿到冠軍，都只能說理所當然，順理成章。

真的永遠不解散也不引退？

二〇一〇年，《紅白歌合戰》的主持工作，由傑尼斯事務所的學弟組合嵐代替，回頭看來是SMAP時代落幕的第一步了。可還是直到一五年，他們五個人每年都一定參加日本娛樂界一年裡最重要的電視節目。與此同時，他們也不停地出唱片、出專輯，富士電視台每週一次播放的綜藝節目《SMAP×SMAP》則從一九九六年起，持續了整整二十年之久。如此被寵愛的五個人，會不會成爲史上第一個「永遠不解散也不引退的偶像組合」呢？雖然帥哥木村拓哉早就成人父了，中居隊長的前額則似乎越來越廣到非得戴帽子掩蓋，但畢竟日本人太習慣於有SMAP的日子了。在這凡事「小眾化」的時代，男女老少一起會哼的歌曲，除了在小學課堂上學的〈故鄉〉以外，就只有他們唱的〈世界上唯一的花〉呢。他們對一億日本人團結一致的重要性幾乎跟皇室媲美。

然而，二〇一五年初，《週刊文春》雜誌刊登了傑尼斯事務所副主席瑪麗．喜多川的專訪。她一九二六年出生，當時八十八歲老壽星，還沒從副主席業務退下來已經不容易，可畢竟是老人家了，在應付媒體，也就是公關方面的敏感度上，顯然大有問題。當記者根據傳聞而問及是否在傑尼斯事務所裡面有派系對立？她不懂得隱瞞，也不懂得搪塞過去，當場把從最早期就擔任SMAP的女性經紀人叫來，在記者面前罵她：「妳若有什麼意見，帶著SMAP離開都無所謂啊！」

即使是普通人，那麼公然地被上司辱罵了，很難不當一回事吧。何況是國寶SMAP多年來的保母。果然，幾個月以後傳出來SMAP正在策劃跟那位經紀人一起離開傑尼斯事務所的消息。但是，傑尼斯在日本娛樂界影響力之大，光是從《紅白歌合戰》出場的明星人數都能夠得知。如果眞正獨立了，恐怕很難做下去。於是二〇一六年一月十八日，五個成員在《SMAP×SMAP》的開頭，特地發表聲明：決定不獨立了，也通過木村君的協調，向喜多川老闆道歉。好比被迫做了自我檢討一般的殘酷場面，有人形容爲：公開處刑。後來的幾個月，SMAP的公開活動越來越少，直到八月中，他們給日本各媒體發出傳眞信宣布：將於十二月三十一日，SMAP要解散了。

等到最後一刻……

對此很多日本人覺得可惜、寂寞，好比失去了來往多年的好朋友一樣。可是，冷靜看來，他們都四十多歲的人了，跟二十年前一樣唱唱跳跳談何容易。再說，在任何人和人之間，一旦鬧了大矛盾，關係眞正恢復是不大可能的。儘管如此，還是有很多粉絲衷心期待：十二月三十一日解散以前，他們也許能最後一次在《紅白歌合戰》的舞台上現場合唱，然後向全體日本人致辭吧？據報導，NHK方面多次跟傑尼斯事務所進行交涉，但是

SMAP的五個人，就是不願意在粉絲面前露臉。

就那樣，二〇一六年的《紅白歌合戰》成為了「後SMAP」的第一次。這一次擔任主持人的嵐隊成員相葉雅紀，當長達五個小時的節目快結束之際，從大眼睛流出淚水來了。估計他感到的壓力特別大，因為現場以及全國電視機前的幾千萬觀眾，到最後一刹那都在衷心等待著：也許、也許、也許SMAP會出現。但是，節目結束的同時，二〇一六年也結束，新的一年就成了沒有SMAP的第一年。

奇妙的是，這一次的《紅白歌合戰》破例地由紅隊贏得了冠軍。連擔任紅隊主持人的女演員有村架純都說：「怎麼？怎麼？我還以為白隊要贏呢！」我們看著電視都覺得莫名其妙至極。但是，這一次擔任數票任務的麻布大學野鳥觀察會，人人都帶著最先進、最高性能的雙筒望遠鏡，絕不可能數錯吧？更何況是在這凡事電腦化、數字化的時代！

再見櫻桃小丸子！

每年都有人去世，是人間常態。但是不知為何，我覺得，
今年離開我們的人似乎特別多。跟平成時代快要結束有關係嗎？

眞沒想到櫻桃子竟會跟西城秀樹同一年走，而且在平成時代最後一年，也在安室奈美惠引退的一年。

很多很多年，每週日傍晚，日本多數人的習慣是：五點半看日本電視台的《笑點》，六點則看富士電視台的《櫻桃小丸子》，到了六點半繼續看同一家電視台的《海螺小姐》，七點把頻道轉到ＮＨＫ去，先看新聞報導，八點看該年大河劇。

現在想想，那是二十世紀後半葉，電視機成爲家庭團聚中心時期的象徵性場面。平時工作忙碌的各家父親，只有週日方能夠傍晚在家裡跟孩子們一起看電視。當年也不怎麼講吃飯不應該看電視等等，因爲電視機是剛出現的新興家電，價錢當然不低，說不定分期付款才能到手，所以全家人一起享受才算划得來。

《笑點》是一九六六年開播的。最早的主持人是

落語家立川談志。後來由前田武彥、三波伸介、三遊亭圓樂、桂歌丸順序接棒，目前由春風亭升太主持。歷代主持人都是穿著和服的曲藝界大人物。演出內容也偏向傳統，主要給男性大人看的。不過經電視機傳到家庭裡面去的緣故，才調整爲兒童亦宜的節目。

懷舊的氣氛，充滿童真

相比之下，富士電視台六點檔的兩個動畫片，則從一開始就針對包括小朋友在內的全家老小。一九六九年開播的《海螺小姐》，主角是帶著幼小兒子的家庭主婦，她母親也不出外工作，家計由父親和丈夫兩個上班族撐持，也就是性別分工做到底。他們河豚田家庭，住的是和式房子，似乎每個房間都鋪著榻榻米，乃今天在日本都很少見到的。總體而言，《海螺小姐》描寫的是早已過去的，或者說屬於昭和時代的日本家庭。雖說《海螺小姐》最初是報紙上連載的四格漫畫，敏銳反映出時代氣氛來，可是原作者長谷川町子去世以後，越來越往超時代方向走。無論如何，它如今仍然是全日本收視率最高的動畫片，也被金氏紀錄認定爲全世界最長壽的電視卡通節目。

六點半的《櫻桃小丸子》則是一九九〇年開始播送的，內容卻圍繞著一九七三、七四年，作者櫻桃子小學三年級時候的日子。九〇年的日本處於泡沫經濟高峰期，早一年裕仁天皇去世而昭和時代跟著結束，新的平成時代剛從明仁天皇開始。跟「永遠現在」的《海螺小姐》不同，《櫻桃小丸子》則一開始就是懷舊的。當年二十五歲的年輕作家懷念自己八、九歲時候的生活，因爲當年的日子還充滿著童眞，也不是大人們理想化的那種，而是傾向於寫實主義的一種。小丸子的爺爺老來糊塗，奶奶愛儲堆沒用的雜物，爸爸愛喝酒，媽媽很吝嗇，姐姐是西城秀樹迷，若以一句話概括就是普普通通，但是很叫人懷念並羨慕的三代同堂家庭。

一九九〇年代的日本家庭，實際上幾乎是清一色的核心家庭，爺爺奶奶再也不存在於孫子孫女的日常生活，反而變成過年過節給紅包的人了。然而，關於人生的很多智慧，本來只能通過跟老人家接觸的過程中慢慢學到。平時生活中沒有了爺爺奶奶，孩子和孫子的人生就變得簡單、乏味。

親自寫主題曲：大家來跳舞

我跟櫻桃子、小丸子屬於同一代。記得小學班上有個女同學是西城秀樹迷。年輕時候的秀樹，是名副其實的明星、偶像。明星本來在天上閃亮，給地上的人們指出方向的。至於偶像，更是宗教上崇拜的對象。社會世俗化，人們逐漸失去信仰，這時由娛樂界提供各種明星、偶像來的。

《櫻桃小丸子》的世界討人喜歡，一個因素是她生長在靜岡縣清水，乃以海鮮和水果聞名的好地方。靜岡縣在富士山腳下，靠著太平洋，氣候四季都溫暖，有的是當地特有的美味。有櫻花蝦、白飯魚、蜜柑、草莓、綠茶等等，靜岡人從不擔心沒東西吃，結果集體性格開朗、外向、寬容，乃相親、交友的第一選擇。有趣的是，日本第一長壽節目《笑點》目前的主持人落語家春風亭升太，也是靜岡縣清水出身的。

櫻桃子被廣大日本人愛護的程度，可以說是，當她的死訊傳播開來以後，才有目共睹的。古人說蓋棺定論果然沒錯。當SMAP解散的時候，我寫過他們的《世界上唯一的花》是各年齡層的日本人能一起哼的最後一首流行歌曲。現在才知道，其實《櫻桃小丸子》的主題曲《大家來跳舞》才是。雖然大家都知道《笑點》的主題曲，也會唱《海螺小姐》的主題歌，但《大家來跳舞》是一九九〇年日本單曲銷量冠軍，也獲得了同一年的日本唱片大賞。它不僅是大家所知，而且是大家所愛，因爲那歌詞是櫻桃子親自寫的。

當她過世以後，網路上很多人討論《櫻桃小丸子》以外，還有不少人提到她早年寫的《桃子罐頭》《猴子馬戲團》《紅燒鯽魚》等多麼叫人笑個不停的散文集。結果她的著作在日本亞馬遜的排行榜上一下子成了暢銷書。這麼有才能的一個人才五十三歲就去世，叫人覺得很可惜。雖然富士電視台今後也繼續每週日播放《櫻桃小丸子》，但是我們都知道靈魂人物不在了。

每年都有人去世，是人間常態。但是不知爲何，我覺得，今年離開我們的人似乎特別多。跟平成時代快要結束有關係嗎？該是幻覺。祈櫻桃子冥福，合掌。

再見煩惱！人生的花兒

說不定，將來某一天回顧今天的煩惱，
覺得那才是人生味道的所在，也就是花兒。

從前的人，無論在哪個國家，生活中遇到了什麼問題，大概就找父母、老師、同學、朋友等談話去。假如是愛看書的人，也許在賢人留下的文字中尋找人生答案。有信仰的人，可能去找宗教上的導師談到心情舒暢。

在我曾經生活過的加拿大，當有人因某種問題想不開了，別人都會勸說：「找專業輔導去吧。」被勸的人也大多都乖乖地掏腰包去見心理醫生之類。我看著以爲：跟天主教徒不同，在加拿大占多數的基督教徒沒有懺悔的習慣，所以由猶太人爲他們提供有償服務。那種服務，在日本卻不太流行。如今的東瀛人若面對了什麼困難，一般會在網路上的諮詢網站找找答案。另外，歷史悠久的廣播節目《電話人生相談》也仍舊吸引著不少人類迷羊。

日本放送電台每週五次播送的《電話人生相談》開始於一九六五年，至今有五十多年的歷史，乃該台現有節目中歷史最久的一個。從星期一到星期五，由五個名人輪替主持二十分鐘的節目，每天也另外請來法律、教育、醫學等各方面的專家當顧問，以便給來電人士提供專業的輔導服務。雖然如今開收音機聽廣播的人沒有以前多了，卻可容易聽到網路上的轉播和錄音。

前些時日，我忽然想起老節目來，在網路上找了一下馬上找著，而且還意外地聽到了三十餘年前上早稻田大學時候的老師，著名社會心理學家加藤諦三先生的聲音。他當年已經是媒體上的紅人，出版過許多勵志書，而且對我來說，也是平生第一次被親手贈送簽名著作的一位作家，印象自然非常深刻。

走過了，才知道是人生最佳時光

想起《電話人生相談》，不外是由於生活中發生了問題。不能找朋友談，又不方便外揚，然而一個人想來想去都想不出好主意來。有趣的是，光看著網路上的諮詢內容清單就能得知：來電者面對的大多屬於家庭糾紛，其中涉及到負債、精神病等重大問題的都不少。不再一個人煩惱而往外尋找輔導，一個好處就是能夠拿自己的問題來跟別人家的比較。結果，自己的問題馬上顯得微不足道。

說實在，《電話人生相談》節目半世紀來一直很受聽眾歡迎，恐怕不能排除個中有「幸災樂禍」的因素。別人家的不幸遭遇會滿好聽，那顯然是人性中不能否定的一部分。當然，我們也不能說，從古希臘到莎翁，從電視肥皂劇到網路文學中悲劇作品之成功，也全站在人類普遍「幸災樂禍」的基礎上。也許，改說「事實之奇勝過小說」更爲恰當。總之，聽了幾十個小時的《電話人生相談》節目以後，我都忘記了當初自己是爲什麼煩惱。

除了廣播以外，報紙、雜誌等平面媒體也向來刊登生活顧問專欄。記得曾在加拿大的時候，我特別愛看發自美國，當地《多倫多星報》轉載的「Ask Ann Landers」（問問安妮・蘭德斯）專欄。她好比是熱心腸的鄰居老太太，總是以北美英語文化圈的常識爲基礎，很誠懇且幽默地回答讀者提出的種種問題。再說，她用的英語也既好懂又生活化，對還不大習慣北美生活文化的外國人如我，各方面的幫助都非常大。

這些年在日本，我幾乎每期都買《週刊文春》雜誌的一個原因，則是有伊集院靜的「煩惱是花兒：大人的人生相談」專欄。他是旅日韓裔第二代，廣告界出身的無賴派小說家，經過婚外情娶到了美女演員夏目雅子卻不久就被癌症奪去生命，一時沉湎於嗜酒和賭博，後來以《受月》一書贏得直木賞，在大家眼裡是嘗過人生酸甜苦辣的一個人。所以，每年一月的日本「成年日」當天，刊登在全國報紙的三得利洋酒公司廣告裡，年復一年，都由他代表日本全國的老一輩，向二十歲的年輕人說說大人該知道的一些事情。

果然，伊集院靜回答眾讀者「人生相談」的風格，跟安妮老太太完全不同，甚至可以說正相反，唯一的共同點是幽默感。誰的人生沒有煩惱？只好以幽默的態度去面對了。伊集院專欄標題中的「花兒」，在日語裡有「最佳時光」的意思。人生道路上的「最佳時光」，往往在剛要過去的時候才被發覺，讓日本人聯想到快要謝的櫻花。當事人眼裡的大麻煩，稍後回頭看來，其實就是「最佳時光」，也就是人生味道之具體所在都說不定了。反之，沒有煩惱的生活，一方面可以說似天堂，另一方面也可以說跟死了沒兩樣。

我們有限的生命啊

不知道是否近來日本人的煩惱越來越多所致，我訂閱的《每日新聞》家庭版，刊登「人生相談」的頻率呈現明顯增加的趨勢。前幾年有跟伊集院靜一樣屬於無賴派的小說家白川道回答讀者的問題。他離過婚、負過債、坐過牢，對人生的苦難瞭如指掌，但是對每一封來信都以謙虛的態度寫了很誠懇的回音。二〇一五年他在家裡中風昏迷，六十九歲就去世了。後來接棒的小說家高橋源一郎，也是一樣過花甲、離過婚、坐過牢的過來人，卻對來信人的態度跟白川道完全不同；他當初經常寫出「你才是問題」等具有攻擊性的文字，讓讀者感到非常新鮮。

也許是爲了保持平衡吧，《每日新聞》亦請來了女性劇作家渡邊惠理、女藝人光浦靖子、落語家（日本相聲演員）立川談四樓、以及居住海外的漫畫家山崎麻里這四個輔導員。也就是，每週五天由五個人對讀者寄去的人生煩惱提供意見。

後來補上的四個人對來信者的態度比高橋客氣、溫柔得多。渡邊甚至在報紙上向要拋棄丈夫離家出走的老年女士寫回信道：若是妳一個人，可以來我家住一段時間啊。我看著那些文字，心裡覺得很溫暖。我跟那位老太太，雖然有不同的煩惱，但是都需要溫暖的安慰。不知是否受了他們的影響，或者自己逐漸年邁所致，高橋的態度變得比以前寬容。最近他常勸來信者說：饒了對方吧，我們的生命都是有限的。

是的，我們的生命都有限。所以，古人說：今朝有酒今朝醉。說不定，將來某一天回顧今天的煩惱，覺得那才是人生味道的所在，也就是花兒。於是，我在嘴裡重複地講給自己聽：煩惱是花兒，煩惱是花兒。

再見辣椒！來碗番茄擔擔麵

儘管如此，下次去那裡，我就絕不會再叫番茄擔擔麵了。
把整粒番茄放在擔擔麵上邊究竟是什麼意思？

前些時日，在香港上環的港澳碼頭，等待駛往澳門的輪船開航的時候，在候船廳看看有什麼便餐店可以解餓。果然，除了港式茶餐廳、「肯德基家鄉雞快餐店」以外，還有「味千日式拉麵店」和「白熊日式咖哩店」。日本人都以爲拉麵來自中國、咖哩則來自印度，華人卻認定了都是日本風味沒有錯，眞有趣。

「味千拉麵」發源於日本南部的九州島熊本縣，乃台灣美濃出身的客家人劉壇祥（日本名叫重光孝治）於一九七二年創始；如今在全世界分店最多的日資食肆，光是在中國大陸都有五百八十七家店了。看它來歷，顯然是中餐基因和日本商業環境的美好婚姻結的晶。好比留學回來的海歸姑娘散發出迷人的洋氣一樣，在中國最受歡迎是很有道理的。

既然「味千拉麵」是公認的日本風味，那麼「萬豚記」的擔擔麵呢？

辣椒變番茄，沒有人敢反駁

「萬豚記」是日本「際公司」集團旗下的中餐館。該公司一九九〇年成立，今天在日本各地經營各種餐廳總共三百五十八家，其中「韮菜萬頭」「虎萬元」「紅虎餃子房」「胡同四合坊」「萬豚記」等中國家常菜館人氣最高。

「際公司」的創業老闆中島武本來不是廚師。他大學畢業以後，開過二手服裝店、古董店、製衣廠，但連續遭到失敗。最後他想到：小資本企業最有可能成功的行業，應該是餐飲業。他後來的成功一般被視爲策劃力的勝利。「際公司」旗下的餐館，不僅菜單內容跟一般的日本中餐館不同，而且字號、店鋪門面、室內設計等都非常特別，可以說有中餐主題公園的感覺。

從前，日本的中餐館只有兩種：小麵館和大酒樓，分別供應拉麵、麻婆豆腐和魚翅、乾燒蝦仁。中島武旅行經驗豐富，知道其實在兩者之間會有家常菜、各地風味等廣闊的飲食經驗。結果，他開的餐廳推出的油淋雞、咕咾肉、酸辣湯等等，受到日本消費者的歡迎。其中，普遍愛吃麵的日本人最著迷的非擔擔麵莫屬。

眾所周知，擔擔麵是四川成都的特色點心，正如紅油抄手、夫妻肺片。四川菜在日本普及得很晚。直到二十世紀末，日本人知道的川菜幾乎還只有麻婆豆腐一種而已，而且日本人吃的麻婆豆腐，一般一點都不麻，也往往一點都不辣的。它呈現紅色，可那色素並不是來自紅辣椒，而是來自美式番茄醬。怎麼可能？這情形，其實日本中餐館提供的乾燒蝦仁也差不多。

在日本，膾炙人口的中式菜餚「エビチリ」（Ebi Chili），乃由「エビ」和「チリ」兩個部分組成。「エビ」是「海老」就是「蝦仁」；「チリ」則是英文「chili pepper」即「辣椒」的簡稱。按道理，「蝦仁」和「辣椒」加起來該是「辣椒蝦仁」了。可是，在日本中餐館，伙計端出來的「エビチリ」往往一點也不辛辣，反而是酸甜的。「辣椒蝦仁」怎麼會是酸甜的呢？這典故寫在日語的維基百科全書。原來，東京四川飯店的已故主廚陳建民，爲了迎合日本人的口味，把乾燒蝦仁改造爲番茄醬炒蝦仁，仍然叫它爲「エビチリ」。如果日本人的英文水平普遍好一點的話，肯定早就有人批評陳建民以及其子陳建一以及孫子陳建太郎的做法了。把紅辣椒用番茄醬代替是一回事；把番茄醬硬說成辣椒醬又是另一回事嘛！所以，我認為，酸甜乾燒蝦仁的問題大於酸甜麻婆豆腐。然而，事到如今，陳家人在日本中華料理界的名氣實在太大了。陳建一成了日本中國料理協會的會長，也收到了日本政府發的勛章。陳家人硬說「エビチリ」是他們家發明的日式四川菜，沒有人能反駁了。

總之，日本四川菜的水平如此低劣，萬豚記也好，別人家也好，可說有很大的發展餘地。

日本人獨創紅番茄擔擔麵

講回萬豚記吧。他們推出擔擔麵的時候，引入了中國產花椒粉。日本顧客們覺得非常新鮮，萬豚記擔擔麵的麻辣味道贏得了一部分人的極力支持。可是呢，更多日本人還是吃不慣麻的和辣的。於是有策劃力的老闆，經考慮，除了傳統的麻辣擔擔麵以外，還推出了黑芝麻擔擔麵、白芝麻擔擔麵、以及紅番茄擔擔麵。我的天，番茄又來了！結果，你去萬豚記點擔擔麵，伙計就要追問：黑的？白的？紅番茄的？芝麻醬或者花生醬味道濃厚的擔擔麵，我在海外唐人街也吃過。可是，紅番茄擔擔麵呢，從來沒聽說過，該說是日本人獨創的吧。只是東瀛早就有番茄味麻婆豆腐和陳家父子相傳的「エビチリ」番茄醬炒蝦仁。再說，如今在東京「赤粇四川飯店」，一大盤乾燒明蝦（七、八人份）居然賣七千六百日圓呢！

還是講回擔擔麵吧。老實說，我對這種四川麵食情有獨鍾。三十多年前的留學時代，爲了吃碗成都國營擔擔麵館的正宗擔擔麵，還特地去過兩趟四川呢。有一次從北京去，第二次則從廣州去，路眞不近呢，何況當年在中國大陸，平民百姓能用的交通工具只有鐵路和公共汽車。但是，吃到了正宗的擔擔麵，路上吃的苦都值得了、值得了。好，你現在知道了我對擔擔麵的情懷多麼深。

前幾天，我去家附近的「萬豚記」分店，終於擠出勇氣來，叫了一碗紅番茄擔擔麵。出乎意料，不像日式麻婆豆腐或者陳家乾燒蝦仁那樣用番茄醬調味，而是把整粒新鮮西紅柿去皮切片以後擱在擔擔麵上。成熟的西紅柿既甜又酸，再說剛從冰箱拿出來的吧，還冰涼得很。跟既熱呼呼又麻辣的擔擔麵一起吃，生番茄就起了緩和刺激的作用。總的來講味道不壞，該說夠有理由受歡迎。

名不正言不順也無所謂了

儘管如此，下次去那裡，我就絕不會再叫番茄擔擔麵了。把整粒番茄放在擔擔麵上邊究竟是什麼意思？要想緩和刺激，則不用吃擔擔麵，不是嗎？再說，店名「萬豚記」的讀音，公司方面提倡的是「Wan-zhu-ji」。哎喲，不是「Wan-tun-ji」而是「Wan-zhu-ji」呢！顯然把「豬」字寫錯成「豚」字，還是把「豚」字念錯成「豬」？孔子不是說過：名不正則言不順，言不順則事不成嗎？也許不必爲飲食的名稱太認眞了，可我還是不能看著「萬豚記」三個字叫出「Wan-zhu-ji」來。

話是這麼說，我這個人好像落後於時代了。「際公司」旗下的餐館引起了中國家常菜熱潮後，擔擔味道已經在日本家庭裡開始占位置了；冬天要在家裡打邊爐，很多日本人都從超商買來擔擔味火鍋湯底。不僅如此，日本最大的番茄醬品牌「可果美」早已推出番茄擔擔麵醬，要嚐到那被緩和的刺激味，其實根本不必上館子了。

再見不動產！「負動產」時代

「負動產」和「不動產」，日語發音是完全一樣。
過去，在全國性「土地神話」下，買房地產是最硬的投資。

根據日本政府最近發表的二〇一七年全國土地價格統計，日本的平均地價連續二十六年一直下降。也就是說，一九九〇年代初破裂的土地泡沫，過了四分之一世紀都沒能恢復過來。

那之前，在日本，土地是只會漲價，絕不會吃虧的投資項目。尤其從一九五〇年代到八〇年代的經濟高度成長時期，買一棟房子住幾年，以比原先貴幾倍的價格賣出去，然後再買大一點的房子住幾年，是不少日本人在戰爭廢墟上白手起家、積累資產的計算式，乃當年所謂的「住宅升官圖」，後來倒被揶揄爲「土地神話」了。

一九八〇年代中期，日本的人均收入超越了美國。原先做國民經濟支柱的製造業，由於成本提高，只好關閉國內工廠而搬到發展中國家去。當家的中曾根康弘政權，於是採用「擴大內需」政策，鼓勵國人對國內房地產多做投資。結果，從一九八六年起，日本的地價每年以三成到七成的幅度提高，九〇年的全國地價總額，到了八五年的二點四倍，也達到美國地價總額的四倍。在東京中心區，同一時期的漲價幅度，竟高達六倍。同時，日本各大企業的股價也提高到空前的地步。

沒有人要繼承的「負動產」

買房地產的資金是向銀行貸款的。在政府的鼓勵下，銀行融資的條件越來越寬鬆。多數國人成了房奴，但大家天眞地相信：只要地價繼續提高，還債不會成問題，將來還能翻身爲擁有高價房屋的富豪。不過，世上凡事物極必反。日本政府開始擔心地價和股價都過分高了，於是一九九〇年制定法律來控制國內貸款總額。這麼一來，借錢一下子變得困難，高價房地產就算要賣出去都沒人買了。結果，地價忽而開始下降。將來的富豪們，連房奴都做不起了，因爲賣房子不僅不能賺錢，反而要賠錢。

這些年，日本房地產的價格，基本上呈現出要回到泡沫之前一九八〇年代初水準的趨勢。觀察家說：其實在二〇〇〇年代中期，地價已下降到谷底。之後的十幾年，在全國平均地價繼續下降的同時，個別地區的價格又反漲起來，甚至回到泡沫時期的水準。也就是說，地價呈兩極化了：貴的越來越貴，便宜的則賠錢賣都沒人要。於是出現了「負動產」的說法。

「負動產」和「不動產」，日語發音是完全一樣。過去，在全國性「土地神話」下，買房地產是最硬的投資。然而，泡沫破裂以後，地價一年比一年便宜，賣出去都只能賠錢了。尤其在日本，跟歐美不同的是，老房子沒有市場價值。結果，老一代買的房子，過幾十年主人去世，作爲收到遺產的孩子一代，如今是憂慮多於高興了。首先得算好要不要繳遺產稅。如果那筆稅金不用繳，土地本身的物業稅總得繳。如果是公寓，每月的管理費也要繳。拆掉了房子，地皮則容易賣一些，但是即使不說拆房要幾百萬日圓，空地的物業稅也比較貴，因爲市場潛力比較強。總的來說，越來越多日本年輕一代覺得：繼承房地產很麻煩，不僅費事而且費錢，於是順理成章稱之爲「負動產」了。結果，越來越多房子，當原來的主人去世以後，沒有繼承人主動到法務部門更改登記。根據日本民法，如果逝者沒有配偶、孩子的話，健在的父母、孫子女、兄弟姊妹及其子女、甚至他們的後代都會有繼承權。幾十年過去，對那筆「負動產」，究竟誰有繼承權，著實沒人知道了。據報導：今天在日本，沒人主張所有權的土地總面積竟達到全國總面積的十分之一——三萬七千平方公里，也就是跟九州島差不多大。

「鬼屋」與高價房地產

我最近有事回到小時候曾居住的東京都新宿區北新宿去。距離全日本最繁忙的新宿火車站不到三公里的地方，未料有很多破舊不堪的空房，顯然早已沒人住。那裡很多是戰後在空襲造成的廢墟上匆匆蓋成的木屋，如今破舊得無法住了。但是，在木屋和木屋之間，沒有多少空間，小巷裡開進卡車來會有困難。要拆掉不容易，何況誰也搞不清楚，幾棟木屋的所有權和繼承權，到底涉及多少人。問題是日本法律也不允許公家沒收這些無主之「負動產」。結果，如今的日本有越來越多「鬼屋」，鄰居、行人們不小心就會被掉下來的瓦片什麼的傷害了。

我印象特別深刻的是，從小巷子走出去，通往新宿的馬路兩邊，正在建設好幾棟高層公寓。賣價跟泡沫時代一樣貴，卻都有人願意買。報導地價統計的新聞記者寫道：現在漲價的地區有個共同點，乃受外國投資家歡迎。於是京都、東京、大阪的中心區，以及北海道、沖繩的度假區等，房地產價格一年比一年昂貴。也許，外國投資者沒注意到：離光亮的高級公寓不遠的地方，就會看到密密麻麻破舊不堪，搞不好會給鄰居、行人造成危害的「鬼屋」。原來，在高價房地產和「負動產」之間，是如此的近。

再見吉祥寺！「空房銀行」的誕生

在少子高齡化，經濟零成長的時代環境裡，父母一輩留下的最大財產，
反而會成為孩子一輩最大的負擔。

每逢日本媒體向大眾舉行「想居住的社區」投票，東京都武藏野市吉祥寺地區往往得第一名。

吉祥寺位於城區和郊區的邊界，既有都會的方便又有郊外的自然。離東京兩大鬧區新宿和澀谷，坐電車都用不著半個鐘頭。車站北邊，迷你商店鱗次櫛比的「口琴橫丁」（小巷）裡，有慕名而來的顧客天天排長隊的和菓子店小笹、以手工炸肉餅聞名於世並且在樓上兼營牛排餐廳的佐藤肉店、全東京價錢最合理的韓式烤肉店李朝園等等，充滿個性的小店眞是數不清。車站南邊則有俗稱「都會綠洲」，常成爲電視劇背景，東京小情侶們非得去划一次船不可的井之頭公園。

怪不得，從小地方來東京要試實力和運氣的小說家、動漫作家等，都一賺到一筆錢就在吉祥寺買房子

定居；至於還沒賺到一筆錢的，則在該地區找一下老一點便宜一點的公寓暫住，使得吉祥寺擁有「日本次文化首都」的別名。隨便舉一些例子吧，當紅漫畫家西原理惠子、超人氣劇作家宮藤官九郎都住在吉祥寺。

老房子舊情感

我有個同事就在吉祥寺，離車站不遠的木造房子裡長大。那棟房子是她做大學文學系教授的父親，四十年前獲得專任職位時買下來的。她說：從中學到大學的日子裡，曾一說家住吉祥寺，別人都以羨慕的眼光看她，再說當年在鄰居裡文化界人士確實很多，整個社區散發著文化的香味。只是，這些年，她母親去世，父親也病倒，做獨生女的她忙於照顧雙親、料理家事，不大注意街坊的變化。最近，她稍微閒下來，忽然發覺：自己家周圍有好多房子都沒人住，有的更呈現日趨荒廢的樣子了。

那究竟是怎麼回事呢？她說：大家都一樣啊，父母一輩逐漸離開人間，家裡只留下一、兩個孩子；繼承房產嘛，從一方面看來是大收入，從另一方面看來卻是大負擔了，因為日本的木造房子遠沒有歐美的石造房子耐用，平均壽命才二十七年而已。所以，最初蓋房子的一輩人衰老的時候，房子也差不多要改建了，可是改建房子所費不貲。加上，孩子一輩很多都是單身人士，即使結過婚也往往沒有孩子；雖然對從小長大的老房子有感情，但是實際上寧願住小一點方便一點的公寓，也不想要費錢費事的宅邸了。那麼，趕緊賣出去怎麼樣？嗨，高齡父母住在養老院或者醫院，但是產權還屬於他們呢，做孩子的不可以隨便賣掉。但是，沒人住的房子，衰朽得特別快，轉眼之間到處發霉，不久就壓根兒不能住了。

據日本政府總務省做的統計，目前日本全國的空房共有八百二十萬棟，居然占全部房子的百分之十三。一九四五年，第二次世界大戰末期，日本的大小城市曾遭受美軍轟炸，很多都成爲廢墟了。後來的幾十年，房子一直欠缺，所以政府採用各種措施來鼓勵國民蓋房子。比方說，在日本，同樣面積的土地要繳的物業稅，上面有房子和沒房子，稅率就不一樣。蓋了房子，稅額會減低；拆了房子，稅額則增高。這本來是爲了促進房子的供給。但事到如今，很多人卻爲了盡量少繳稅，把不再能住的空房寧願保留下來也不敢拆掉。

近年，日本也受全球暖化的影響，常颳暴風、颱風、龍捲風，許多人擔心附近空房的屋頂、套窗、門扇等被颳跑以後，反過來會傷人傷物。長期沒人管的空房，不僅破壞社區的景觀因而拉下周圍物業的價值，更會成爲縱火等犯罪的溫床。也有報導說，胡蜂、老鼠等有害動物在無主的空房裡無限繁殖，給社區造成嚴重的衛生危機。

一輩子最大的負擔

面對這些問題，日本已經出現了民間的非營利團體經營「空房銀行」，乃搜集各地區有關空房的信息，向廣大社會提供諮詢，以圖促進利用既有建築物。畢竟，社會上放置著這麼多空房的同時，每年還在蓋八、九十萬棟新房子，豈有此理！地方政府亦通過條例給拆房工程提供輔助；如果是不能確定所有者的破房，就依法拆掉而減少居民在治安、衛生等方面的不安。

直到今天，房子是一般日本人一輩子裡花最多錢，並往往以長達三十五年的分期付款購買的高價商品。然而，在少子高齡化，經濟零成長的時代環境裡，父母一輩留下的最大財產，反而會成爲孩子一輩最大的負擔。

早就看過報導說：偏僻山區的房子，在孩子離開，父母去世以後，連房子帶田地甚至山林，全任由閒置慢慢荒廢。可是，我眞沒想到，在多數日本人的心目中，最理想的居住地吉祥寺，而且離火車站、商場都沒多遠的黃金地段，再說是僅僅三、四十年前，中產階級核心家庭驕傲地享受文明生活的一棟又一棟小洋房，只翻了一頁以後，居然面對家破人亡的絕滅危機。無常哉！

再見「御握」！不握了

這回「御不握」熱潮的來由，主要不在於食品本身的新奇性，
而在於它免除掉媽媽們做「御握」時感到的精神壓力，
同時讓大家享受到不必花錢也能趕時髦的樂趣。

日本人對米飯的執迷至今仍根深柢固。便利商店賣的點心類，雖然有三明治等西式點心，也有肉包子等中式點心，甚至有炸雞塊等西式小吃，但是最暢銷的始終是老祖宗傳下來的飯糰。

日語裡把飯糰稱爲「御握」（おにぎり、onigiri）或「御結」（おむすび、omusubi）。煞有介事的「御」字顯示它最早發源於宮廷女官圈子，後來普及到草根來了。那麼，「御握」和「御結」的區別又在哪裡？有人說：「御握」是主婦做給家人吃的，「御結」則是做來賑濟災民的。記得二〇一一年三月十一日，發生東日本大地震和海嘯，當海邊居民避難到山區的時候，當地農家的婦女們已經準備好了幾百個飯糰和裝滿大鍋的熱騰騰味噌湯，災民們因此紛紛說道：謝天謝地，好比重獲了生命一般。那種場

合做的飯糰，確實能在本來彼此陌生的人們之間起結緣的作用，稱爲「御結」很合適。

日本媽媽做飯糰給孩子們當午餐，北美媽媽則做三明治讓孩子們帶去上課。北美小孩子吃的三明治，一般都夾著果醬、花生醬、香蕉片等甜味的，大人吃的三明治裡才出現火腿片、起司片、生菜片等。相比之下，日本人吃的飯糰，向來不分孩子用和大人用，傳統上包著梅乾、鱈魚子、昆布佃煮（紅燒海帶）、醬油柴魚等，如今也頗流行鮪魚美乃滋沙拉等西式的材料，顯然受了三明治的影響。

理想的飯糰不理想了

雖說都是簡便午餐的常規，飯糰和三明治其實有很不同的地方：做三明治不需要特別的技術；把米飯捏成糰子倒需要點技術。沒捏好的飯糰，還不到嘴裡之前就會崩潰。可是，捏得太緊太硬了又不好吃。放進嘴裡時，自然會鬆開的，才算得上是理想的飯糰。那可是在這方面下過工夫的資深媽媽才能做到的。若是經驗不夠加上天生笨手笨腳的話，可怎麼辦？答案就是這些年在東瀛風靡一時的「御不握」（おにぎらず、onigirazu）了。

據說是漫畫家上山栃，從一九八五年直到今天在講談社出版的《Morning》週刊上連載《Cooking Papa》（台譯：妙廚老爹）的第二十二卷第二百一十三回裡，最初出現了這種另類飯糰的。做法很簡單。保鮮膜上放張紫菜片，撒點鹽，然後在紫菜片周緣部分留空地，專門在中間地帶進行工程：先擱一薄層米飯，接著放材料，然後再擱一薄層米飯，最後把紫菜四角用指頭拿起來在正中間集合，再用保鮮膜包好即可。因爲紫菜是方形的，最後結果也呈方形。歸功於日本大米的黏性，保鮮膜內的紫菜、大米、材料都自然地貼在一起了。用菜刀切開兩半，就從切斷面看到裡頭的材料；一方面刺激胃口，另一方面則克服了傳統飯糰從外邊看不到裡面的缺陷。

「御不握」顯然沿用了「御握」和「摺紙」（疊紙遊戲）兩種日本國粹。不過，它也像是用米飯和紫菜做的三明治。既然就是米飯三明治，「御不握」的中間要夾什麼，都完全隨你方便和喜愛了。上網翻看在日本擁有最多跟隨者的食譜網頁《cookpad》，果然有好幾百則「御不握」個案，包括日式的和西式的，還有仙台人介紹的「牛舌片配山藥」等地方風味，以及咖哩迷媽媽開發出來的印度風味「御不握」等國際化的。精明的商人們當然不甘寂寞，趁「御不握」流行，已經推出了好多種「御不握」專用容器：乃正好能容納一個「御不握」，並且可以直接放入書包或公事包裡去上課、上班的塑膠小盒子，顏色花樣有日本女性喜愛的粉紅色、天藍色、草綠色等。

「御不握」做法簡單，熱量不高，能夠減肥，經濟省錢，果然具備廣泛流行起來的條件。實際上，它在味道上跟傳統飯糰的區別不怎麼大。尤其跟日本各家快餐店早就以米飯代替麵包而推出的「飯糰紅燒雞肉包」等相比的話，「御不握」顯得相當保守。所以，我猜想，這回「御不握」熱潮的來由，主要不在於食品本身的新奇性，而在於它免除掉媽媽們做「御握」時感到的精神壓力，同時讓大家享受到不必花錢也能趕時髦的樂趣。

捏出好飯糰才是好女人？

日本傳統的飯糰，看起來非常簡單，但是實際上，要做出好吃的飯糰來，並不是件容易的事。記得已故女作家森瑤子在一篇散文裡寫過：她曾有很要好的女性朋友，是一起上學一起成長的；當她們兩個人都結婚、生孩子以後，有一天約好帶著各自的小朋友去公園吃野餐。到了中午，彼此交換飯糰吃。森瑤子吃了一口朋友做的飯糰，未料不僅捏得沒技術，而且味道也不對勁，叫她覺得受不了。女作家寫道：飯糰在材料、做法兩方面都是非常簡單的東西，所以若不細心做，會給人粗魯的印象。當時的森瑤子，就是覺得朋友過於粗魯，自己則被汙衊了，於是忍不住罵了對方一頓，也一口氣扔掉了人家做的飯糰。兩個人幾十年來的友情就那樣子斷絕了。恐怕不少人覺得女作家太神經質到似是歇斯底里；不過，我相信也會有不少日本人覺得能理解她當時的反應。

森瑤子的飯糰小故事，恐怕個中有個因素，是日本女性在男性中心社會裡長期受的委屈——能捏好飯糰的才算是好女人。由別人看來是小事情吧。但是，日本女性的生活中，有數不清的小事情天天折磨著她們。這種壓力是男人感覺不到的。可除非有那種壓力，森瑤子也不可能那麼容易地爆發得無法收拾，她也更不可能寫成文章發表。

最後，也大概是最大的原因，即「御不握」這個名稱，聽起來幽默得很，眞不愧它發源於漫畫家的筆下。「御不握」是不必做飯的男人才會想出來的玩意兒；要是由女性發明，那太叛逆了，可怎麼行？

再見酸梅乾！
嚐嚐梅糖漿

如今時代不一樣，讓孩子接觸酒精是天大的忌諱；
做主婦的喝酒則不再是非偷做不可的事了。

六月梅雨季，我買了三次青梅。

蔬果店成堆推銷的青梅，在塑膠袋裡裝著一公斤的果實。帶回家，跟一樣重量的砂糖一起，放入消毒過的玻璃缸裡。過了一個星期，砂糖全化爲梅糖漿了，小心把糖漿倒入塑膠瓶中，而後在冰箱裡保存。

等初中三年級的女兒下課回家，就把一湯匙的梅糖漿放入玻璃杯，以十倍的白開水稀釋，再放入兩個冰塊即可。她咕嘟咕嘟地一口氣喝完，馬上再要一杯。一公斤青梅和一公斤砂糖做成的梅糖漿，總共會有一公升半，女兒一個星期就喝完。還好，下一輪的青梅砂糖，正好化成梅糖漿了。

日本人信仰梅子。六月下旬上市的黃梅，大家紛紛買回家鹽漬，過些時候拿出來曬乾，而後又拌入紅紫蘇葉再漬。幾個月以後方完成的梅乾，一粒一粒像很大的紅寶石，著實稱得上家寶了。倘若在商店裡購買用和歌山縣產南高梅做的高級貨，一粒一粒梅乾的價錢接近一塊一塊的蛋糕。吃起來，鹹甜酸得恰到好處，再加上果皮完整果肉軟嫩，實在是名不虛傳的佳品。

梅乾不僅是日本最普遍的鹹菜，而且是東瀛頭號草藥，可以說是鹹菜中的皇帝。此間學生、上班族攜帶的便當，白米飯中間常常塞著個紅梅乾，也就是所謂的「日之丸（日本國旗）便當」，是能防止米飯腐敗的。也有人說，其實煮飯時放入一粒梅乾就行，整鍋米飯都不會壞。日本人養病時，都吃白粥加梅乾；除了調整腸胃以外，據說在太陽穴處貼上一粒梅乾，連頭疼都會消失。

我小時候不吃酸的，對於梅乾敬而遠之。反而對梅酒中的青梅，卻是情有獨鍾。梅酒簡直是灶君送給日本家庭主婦的禮物了；自家做的香甜果酒，藏在廚房地下或一角，偶爾舀入茶杯中喝下，別人不僅不知道，更不會說三道四。果然我母親、姥姥都曾在自己的廚房裡保存著幾缸梅酒。當她們喝一杯時，就把缸裡的梅子拿出來叫我嚐，也許跟灶神嘴上塗麥芽糖一樣有堵嘴的目的，在我倒成了對酒精的啓蒙。

打開梅酒缸子，好像打開了回憶

如今時代不一樣，讓孩子接觸酒精是天大的忌諱；做主婦的喝酒則不再是非偷做不可的事了。十多年前，我家孩子們還上幼兒園的時候，聽說青梅也可以做梅糖漿，能給小朋友喝。於是做好的梅糖漿，成了老二女兒的至愛。一年復一年，我都在梅雨季裡做幾次，鼓勵她熬過悶熱難受的時節。

六月初，搶先上市的青梅，果實既小又硬，才適合做梅糖漿。買回家以後，小心洗淨並且一手拿著牙籤去掉一切雜質，以免在製造過程中發霉。做梅糖漿是不放鹽也不放白酒的，所以一不小心就會讓它發霉而糟蹋一整缸。把青梅處理乾淨了，再把水分都去除，裝在塑膠袋裡，在冷凍庫裡過一夜。據說，這樣子果皮組織會被破壞，使果肉中的精華容易滲出來。同時，把玻璃缸連同蓋子都用開水消毒，以待用。第二天，先把青梅倒入缸子，然後把砂糖也倒進去，且砂糖蓋住梅子，以免果實接觸到空氣中的雜菌。做梅糖漿用的砂糖，我用過紅糖也用過白糖，甚至冰糖都用過，味道區別不大，顏色會不同，看賣價決定都不妨。

適合在梅雨季喝的草藥飲料，除了梅糖漿以外，還有紅紫蘇糖漿，乃把紅紫蘇葉子用水煮，再加上砂糖和檸檬酸而成。一天內就能做好，紅顏色很漂亮，也可以加烈酒、汽水喝。有一年，我做了大鍋的紅紫蘇糖漿，自己滿喜歡，卻不受家人包括女兒的歡迎，覺得沒趣，後來都不做了。主婦在廚房裡幹的活，討到家人喜歡就是再好不過的酬勞。反之，只是爲了自己，就很難鼓起幹勁來。

今年梅雨季，我連續做了三次梅糖漿，也是因爲女兒笑著說：很好喝。她也說：喝了很多都還愛喝。好啊，做母親的就再去找適合做糖漿的青梅了。何況，做好了糖漿以後的青梅，則能從玻璃缸底撈出來，在開水裡煮一下後，放在冰箱裡保存，可當作梅雨季很好的零食。這樣吃的梅子，有點像姥姥、媽媽曾作爲賄賂給我的青梅，叫人回想起往日的一連串記憶來。於是忽然想到：她們當時，到底在什麼心情下，打開梅酒缸子舀出一杯喝的？啊，這原來是繼承傳統文化的意義，讓人隔世認同於已故的長輩來。

再見大學通！到祕境賞花去

從附近小鎮來的「花見客」們馬上成為人山人海，
不僅有很多人在路邊長椅上坐著打開「花見便當」吃，
而且有更多人在各家餐廳、咖啡館門前排上人龍要歇腿。

日本人「花見」即賞櫻花的習俗，據說可追溯到西元八世紀的奈良時代。最初受中國唐朝的影響，日本貴族也賞梅花的。然而，和風文化成形的九世紀平安時代以後，逐漸流行起種櫻樹來了。十一世紀完成的長篇小說《源氏物語》裡，就有貴族「花見宴」的場面。但那是貴族的事情。像今天，連平民百姓都帶便當出去，在外頭邊吃喝邊賞花，那得等到十八世紀江戶時代了。德川家第八代將軍吉宗，鼓勵在當年的江戶城郊外淺草、飛鳥山等地集中種櫻樹；一方面叫平民百姓結伴去郊遊享樂，另一方面則給郊外農民賣酒水、熟食掙外快的機會。

日本的傳統說書「落語」裡，有個著名節目叫做《長屋的花見》，乃住在江戶長屋即大雜院的貧民們，在房東的帶領下一同去河邊「花見」的故事。只是，跟有錢人帶豪華食品去不一樣，他們飯盒中的雞蛋燒其實是黃色的醃蘿蔔，瓶子裡的清酒其實是茶水等等，一切都是廉價的替代品。如今的日本人，要帶食品、飲料去河邊、公園裡賞花，有的是超市、便利商店供應現成的「花見便當」；盒子裡密密麻麻地塞滿著五顏六色的壽司呀、炸雞塊呀、香腸呀、烤魚呀，以及不是醃蘿蔔的眞貨雞蛋燒呀等等等等，讓人同時享受到眼福和口福。近年更有「花見」食品專門店，經網路上預約，直接把剛做好的飯菜送到賞花現場來。

跟漢人清明節一樣，傳統上，日本人賞櫻花時吃的是寒食。然而，現代人講究吃，口味高，從上世紀末起，常看到人家帶野營用品上陣，當場燒烤肉菜吃的場面。那也不奇怪，因爲在日本吃野餐的機會，可以說，一年裡只有兩次：春天的賞花和秋天各級學校的運動會而已。夏天去山中或水邊野營還屬於少數人的嗜好，而一般的日本房子也不具備北美洲那樣能夠請朋友來一起燒烤享樂的後院子。總而言之，日本全國的老饕一族都絕不想錯過春季裡的一天在花兒盛開的櫻樹下，一手拿著啤酒罐或紅酒杯，邊燒烤邊吃食的樂趣。

野外喝的酒，加倍醉人

我家住東京西郊國立市。從火車站走出來，就能看到正對面的「大學通」兩邊種著染井吉野類櫻樹總共三百四十棵，每年一到三月底就一齊開花。這麼一來可不得了，從附近小鎮來的「花見客」們馬上成為人山人海，不僅有很多人在路邊長椅上坐著打開「花見便當」吃，而且有更多人在各家餐廳、咖啡館門前排上人龍要歇腿。

我們當地居民，從前是在樹下綠地裡攤開席子吃便當的，也有幾次老公帶小煤爐過去，當場燃起木炭燒烤雞肉串吃了。然而，外地來的「花見客」中，竟然有人提高嗓子批評道：「看那些不懂事的當地人，在可憐的櫻樹下邊坐下來，傷害樹根，破壞環境，眞是豈有此理！」我們也特別想回話說：「豈有此理！」畢竟一年裡只有一次「花見」的。然而，本來就是為了享樂才出去，破口罵人除了傷和氣之外，自己心情都會受影響。於是從那次以後，我們乾脆換了地方，騎二十分鐘的自行車去只有當地人才知道的「祕境」。

那是一條乾乾淨淨、完全透明的溪水流進多摩川的地方。泥土的河堤上種著一排櫻樹，雖然沒有大學通多，但是也有二百五十棵，被風吹謝的花瓣猶如雪花一般的漂浮在水面上，不知從哪裡飛來的鴨子、鷺鷥等戲著水。因爲離大道有一段距離，汽車不能開進來，而且沒有路牌，所以不容易被外人發現。後面是河邊大操場，具備公廁和自來水，對面是官辦的福利設施，不用擔心打擾居民的私人生活。

一年復一年，我們家四口在水邊櫻樹下待上幾個小時，對周圍的環境，對「花見」的藝術都漸漸熟練了。例如，某一年三月底的某一天，當天忽然決定要去「花見」以後，我就通知孩子們活動計畫，老公則擔任採購。他從超商帶回來：一瓶紅酒、幾個罐裝啤酒、法國麵包、奶油起司、義大利巧克力以及三種牛排。另外，從廚房櫃子裡，拿出煤氣爐子、小平鍋、塑膠盤杯、刀叉、調味料。很快就準備齊全了，往水邊出發！

一個春日的下午，坐在東京郊區的小溪邊，仰頭看著樹上盛開的白色櫻花，邊喝紅酒邊吃老公當場煎的牛排。對了，燒烤的一個好處是由男人當廚師，太太則可以享受一下難得的悠閒。在野外吃的東西，始終味道加倍好，更何況是別人做的。在野外喝的酒，也始終加倍醉人。「花見」的精髓在哪裡？我都醉醺醺說不上來了。總之，這樣子，也算是做了一次「花見」，不知爲何，心裡覺得踏實了點。到底是日本人嗎？好像就是。

再見男性壟斷！日本政界需要女姿三四郎

有的是不合理的傳統、不合理的習俗，只有年輕一代方有可能改變，
而其中一定有女性要扮演的角色。

平時在東京過日子，老實說，心情黯淡的時候滿多的。其中一個原因是女性的社會地位遲遲不提高。

你信不信，日本民法至今實際上強迫女性結婚以後改夫姓？而且有人告到最高法院去，判決又說：那不違反憲法。雖然日本國憲法第二十四條清楚地表明：兩性擁有同等權利！想想，一個出社會工作的成年人，中途要改姓，種種手續會多麻煩？從護照、戶籍、居民登記、銀行戶頭、信用卡、報稅單，到公司裡的電話簿、從小學到大學的校友名單、給親朋好友寄的賀年卡檔案、現實以及虛擬的信箱等等，眞是花一、兩年都辦不完的。果然，很多人辦到一半就說：你們要怎麼稱呼我就怎麼稱呼我吧，反正這不是我個人的錯誤，而是日本法律對全體女性的制裁！但，到底憑什麼要制裁人口的一半啊？

尤其是第二次安倍晉三政權上台以後，口頭上說著「要建設女性能活躍的社會」，實際上施行父權主義政策，叫人感到加倍黯淡。安倍提拔的女性閣員都是「穿著裙子、網襪的老頭子」或者眼裡只有「權」字的乖乖牌；她們的價值觀跟生物學上的老頭子們永遠保持一致。反之，廣大平民女性們想要活躍都只有低薪的臨時工作可做，加上為孩子找托兒所都難到幾乎不可能。於是前些時日，有個年輕母親在社交網站寫道：「托兒所沒找著，日本去死吧！」做母親的對國家說「去死吧！」當然不合適、不禮貌了。但是，大多日本女性在心底下拍手喝采。

那個說「日本去死吧！」的年輕母親也寫道：到底為二〇二〇年的東京奧運會已浪費了多少錢，還要花多少我們寶貴的稅金啊？如果有錢付給著名設計師做奧運標誌的話，何不先蓋一蓋托兒所？說得眞是。人家找不到托兒所，只好遞辭呈失去一筆收入。相比之下，奧運會那麼大的國際項目，請富裕國家去舉辦不就好了嗎？儘管如此，二〇一六年八月，看了十多天的里約熱內盧奧運會，我的心情好了許多，能夠對未來抱希望了，但願那年輕母親也一樣。

女性選手成績叫人刮目相看

心情好，直接的原因是這次奧運會日本隊贏得的獎牌空前多。特別是女性選手獲得的成績叫人刮目相看。游泳的金藤理繪，摔角的登坂繪莉、伊調馨、川井梨紗子、土性沙羅，柔道的田知本遙，雙人羽毛球的高橋禮華、松友美佐紀，紛紛贏得了金牌。當女子摔角的吉田沙保里未能贏得連續第四次的金牌而成爲第二名的時候，大家看到她眼淚就齊聲說：不用哭了，妳的銀牌比金牌還有價值。因爲有她當先驅，年輕一代的運動員才有具體的奮鬥目標。而想想日本文化中根深柢固的重男輕女傾向，女子摔角選手們克服過來的社會偏見和冷諷熱嘲肯定很不小。

記得十多年前，日本報紙的一個專欄拿一個具體的選手姓名而寫道：重量級的女選手，即使贏了都不好看。寫那專欄的是該報的名記者，平時以幽默文筆聞名，然而一談到女性話題就露出男性中心主義的馬腳，或者該說豬腳來的。好在那次有多名讀者給報社打電話投訴，逼迫該記者公開認罪道歉。他那種說法也許曾經被社會接受，但肯定阻止了日本女性在各方面發揮能力。

二〇一二年，包括倫敦奧運會代表在內的十五名女子柔道選手們聯名向日本奧運委員會控訴：代表隊的男性教練重複地向她們施暴，並且時常辱罵她們爲豬等騷擾行爲。全日本柔道聯盟方面最初不理解問題的嚴重性，後來受到來自各方面包括國際柔道聯盟的嚴厲批判以後，才叫該教練辭職。在日本被譽爲「女姿三四郎」的筑波大學副教授山口香，在其中起的協調作用非常大。她是首爾奧運會的女子柔道銅牌受獎者，翌年畢業於筑波大學體育系碩士課程，自二〇一一年起擔任日本奧運委員會理事。山口在文武兩方面突出的能力是有目共睹的，加上她很會保持良好的形象。這些年，對女足的澤穗希、摔角的濱口京子和吉田沙保里等優秀的女性運動員，日本媒體以及廣大社會逐漸不敢拿她們的外貌開不客氣的玩笑等，多多少少歸功於山口等運動界「學姐」們的努力。

運動界是社會的縮影

三十三歲參加里約奧運的吉田沙保里，從二〇〇一年起，連續一百一十九次贏得比賽。她在里約失敗以後，幾個評論員異口同聲地指出：本來不應該叫她擔任「日本選手團主將」的。日本運動界有個不祥的傳說：誰當上「主將」誰就不會贏。雅典奧運會時的井上康生、北京奧運會時的鈴木桂治，都有贏得柔道金牌的實力，然而當上了「主將」以後，身體、精神、時間等各方面的壓力都太大，結果最後均沒拿到任何顏色的獎牌。於是這次的里約奧運會之前，也在不同運動項目的團隊之間，把「主將」的地位推來推去，到了開幕前一個月，才由世人說「靈長類最強」的吉田接任。誰料到，三十三歲的大小姐在里約失敗以後，向著電視鏡頭邊嚎啕邊說：「這樣子，已故爸爸要罵我了。」那鏡頭叫人覺得：以後不需要什麼「主將」了吧？

日本運動界是日本社會的縮影，有的是不合理的傳統、不合理的習俗，只有年輕一代方有可能改變，而其中一定有女性要扮演的角色。例如：二〇一二年女子柔道選手們鼓起勇氣揭發了教練的暴力和騷擾後，日本柔道界的文化被迫改變；這次在新一代教練井上康生的指導下，男女各級的選手們都顯得很放鬆，每人臉上都是笑容，結果贏得了總共十二個獎牌。可見，過去那般有軍國主義味道的指導方法，早就不合時代，沒有用處了。

所以呢，在東京酷熱的夏日，看著里約奧運會的報導，我覺得：既然年輕一代改變了日本運動界，也許他們也可以改變日本的政治文化，甚至改變整個日本社會。聽說這次日本政府撥款在里約熱內盧建設了本國選手能夠安心練習、沐浴、吃飯的選手中心，對最後的成績顯然起了作用。若是這樣，爲奧運花的錢也不全是白花的。問題似乎在於：能蓋運動員中心，爲什麼不能蓋托兒所？哎，日本政界顯然也需要幾個「女姿三四郎」呢。

再見親愛的！意外的失落感

把寵物或者電視連續劇當作精神支柱生活，聽起來也許很可憐，
但那無疑是今日世界相當多人的生活現實。

日本的狗貓早就沒有了雄雌公母之別，只有男女之別了。

記得二〇〇〇年代初，我跟一對日本夫婦討論著他們家養的寵物狗狗，不經意地問出：「是雄呢還是雌呢？」結果，他們一下子顯得非常狼狽，而後慢條斯理地回答說：「是個女孩子。」原來，用雄啊雌啊來形容人家的寶貝，簡直跟稱之爲畜生一樣野蠻，是不禮貌的。

大約同一時期吧，我也注意到了人行道上散步的先生太太們，推的小車子裡坐的往往不是娃娃，而是穿著衣服戴著帽子的狗狗。而且，當他們碰見也推著狗狗車散步的同好之際，彼此稱對方爲「阿×爸爸」「阿×媽媽」的。究竟是誰的「爸爸」「媽媽」呢，則見仁見智。

然後，來到二〇〇六丙戌年。

日本人歷來有元旦交換賀年信件的習俗。以前是年底準備一堆專用明信片，拿起毛筆來一張一張親自書寫，後來很多人開始託印刷廠承辦。自從一九七〇年代起，富士軟片公司更每年都通過電視廣告推出把彩色全家福照片印刷在賀年明信片上的服務；打扮起來的全家老小一同微笑的照片，雖然偶爾在社會上被批評為「炫耀幸福」，尤其對不育人士的感受不夠體貼，但是確實曾風靡一時。誰料到，二〇〇六丙戌年的元旦，大家收到的彩色明信片上，不僅有全家老小的合照，而且還包括男女狗貓，再說全家名單後邊都加上了寵物的名字和年齡，如：喬治，兩歲，男孩。

最愛的對象，不分人與狗

轉眼之間，這方面的常識大幅度改變。如今在不少咖啡廳裡能見到狗狗和牠們的「爸爸」「媽媽」在一起歇腿的場面。有些理髮店則提供「爸爸」「媽媽」跟「小朋友」一起理髮的服務；也有些旅館推出「爸爸」「媽媽」跟「小朋友」能同睡一間的方案。

這一切，若用一個社會科學用語來概括的話，便是「寵物擬人化」了。不過，這個詞兒倘若當著人家的面說出來，恐怕會得罪那些「爸爸」「媽媽」了，因爲這樣說來，好比他們家的「小朋友」不是人而是動物似的。（「沒錯，但那又怎麼樣？」）

在少子化日趨嚴重的日本，自從二〇〇三年起，狗貓總數一直超過十五歲以下兒童的人口。以二〇一四年爲例，全國約有兩千萬隻狗貓。相比之下，兒童人口只有一千六百萬而已。所以，在各個家庭裡，本來小孩子所占有的位置、所扮演的角色，如今由寵物占住、擔當起來，也許該說不足爲奇。比方說，孩子都已經長大獨立卻遲遲不生育孫子女的老夫婦，雙雙看電視也沒有多大意思，於是讓狗貓坐在沙發上，也給嚐嚐哈根達斯冰淇淋。這樣子大家一起邊看電視邊吃冰果，多少能打造出家庭團圓的氛圍來。

日本人養寵物的歷史似乎追溯到西元八世紀，爲了不讓老鼠咬破貴重的經文，開始從中國大陸進口家貓。江戶幕府第五代將軍德川綱吉生於一六四六丙戌年，愛狗貓愛過頭，不僅發布臭名昭著的「生類憐憫令」，嚴厲取締了動物虐待犯，而且在現中野百老匯御宅街附近開設了總面積達一百公頃的「御犬屋敷」（大狗窩）。在近代文學作品裡，夏目漱石的頭一部作品《我是貓》非常有名。谷崎潤一郎寫的長篇小說《貓與庄造與兩個女人》也很受歡迎，自從一九三六年問世，直到今天還能在書店架子上找得到。

雖然人養寵物的歷史不算短，可是二十世紀末，兩者之間的關係顯然進入了未曾有的領域。凡是先驅世界的美國，一九八五年就出版了關於pet loss（即喪失寵物憂鬱症）的專書。今天在美國亞馬遜網路書店商品單上，相關書籍多達兩千多本。凡事緊追美國的日本，一九九七年出現了第一本專書以後，包括美國書的翻譯本在內，至今出版了約一百種類似內容的書。

跟寵物離別而感到痛苦，乃人類老早就有的心理現象吧。比方說，日本作家內田百閒一九五七年發表的長篇散文〈野良啊〉，就是他愛貓野良失蹤，使得作者悲傷至極的眞實紀錄。一九八七年，中野孝次由文藝春秋出版的長篇隨筆《有哈拉斯的日子》以悼念寵物狗爲主題。中野夫婦沒有孩子，所以中年有緣的寵物狗哈拉斯，對他們來說簡直是孩子兼孫子那麼可愛。最後失去牠的時候，所感到的悲哀之深，作者描寫如下：「若是最愛的對象，人死和狗死還有區別嗎？」

「意外失落感」的社會現象

千禧年前後，從美國傳到東方來的pet loss之概念，居然把心中的悲傷視爲一種病症，要從精神醫學或心理學的角度治療。《寵物們死後也活著》《寵物是你的心靈夥伴》《有尾巴的天使們》《去了天堂的寵物們》《寵物知道一切》《寵物教了我死與愛》等書籍吸引不少日本讀者。且讓我提醒你：當代日語裡，指寵物的單詞就是來自英文的pet（ペット），中文寵物一詞卻從沒被採用，恐怕是個中的「物」字被嫌棄的緣故。

狗貓去世叫「爸爸」「媽媽」感到嚴重似病的失落感，顯而易見是彼此關係過於密切所致。這也不是沒有原因。如今在大都會生活，爲安全和衛生起見，只好把愛狗、愛貓關在家裡飼養，不像以前那樣人獸區別就從居住空間上分得清清楚楚：讓寵物繫上狗鏈睡在外頭，主人則在屋子裡鑽進被窩睡個香。長期把牠們當人、當家人、甚至當小孩、或者當伴侶對待的結果，到了離別時刻，自然會跟送走家人一樣痛苦。何況這些年頭，日本家庭的規模越來越小，二〇一三年全國平均每家只有二點五口人，在東京則只有一點九八口人而已。換言之，家庭中其實大多爲光棍獨居，失去了唯一的夥伴還能不患上憂鬱症嗎？

在如此的時代環境裡，pet loss（ペットロス）這個英文新詞，很快被日本社會接受，並進入了常用詞彙中。要不然，二〇一三年走紅的電視連續劇《小海女》結束的時候，念念不忘的粉絲們，也不會用「海女loss」（あまロス）一詞來形容心中的失落感。有趣的是，當「海女loss」一詞在網路上出現之際，整個日本社會都馬上明白其意思，連大眾媒體都馬上用這個詞來報導相關的社會現象。之所以成爲社會現象，是由於很多人對自己心中的失落感覺得意外。被引進日本日常用語中的loss一詞，可譯爲「意外的失落感」。《小海女》前後播送了六個月，平均收視率爲百分之二十左右。雖然算很高，但也不是最高。以前再紅的節目結束的時候，都沒聽過因此在社會上蔓延憂鬱症。《小海女》的特別究竟在哪裡？

海女loss，母親loss

著名精神科醫生香山理加解釋說：對前後半年每週五天都看了《小海女》的觀眾而言，它的結束恐怕會造成跟一下子失去四、五十個朋友一樣的失落感，爲了緩和心理衝擊，可以家裡放《小海女》的主題曲聽，或者自己想想接下來的故事發展等。

以日本東北地方即二〇一一年三月的大地震、海嘯、核電站事故之災區爲背景，描述了十六歲女孩和她母親、姥爺、姥姥、鄰居等等之間的關係，宮藤官九郎編劇的《小海女》可說是家鄉和家庭味道很濃厚的群眾戲。大友良英作曲的共二百首音樂、女主角在戲裡講的東北方言等，不乏使觀眾迷惑的把戲。不過，許多光棍觀眾上癮的還是那濃濃的家庭氣氛。說實在，這一點大家心裡都很清楚，因此才用pet loss的loss一詞來形容心中的空虛感爲「海女loss」。可見生活越孤獨，失去了難得的精神支柱時候受到的衝擊也會越大。

把寵物或者電視連續劇當作精神支柱生活，聽起來也許很可憐，但那無疑是今日世界相當多人的生活現實。因爲一點也不罕見，所以pet loss和「海女loss」都成爲了一聽就懂、不需要注釋的流行語。但是，「母親loss」呢？

在日本頗有地位的《週刊朝日》雜誌，於二〇一四年三月和五月，兩次報導了社會上瀰漫「母親loss」的現象。它指的是：母親年邁去世以後，留下來的女兒，雖然自己的年紀都已經不小，有四、五十歲了，卻出乎意料地被嚴重的失落感所襲，結果眼淚流個不停，控制不住地哭泣起來，甚至需要住進醫院接受憂鬱症的治療。

失去之後，原本就應該哭的

兒女想念已故父母是再當然不過的，這種親情的歷史比人類還古老都說不定。那麼，本來報導新聞爲業的週刊雜誌，爲何大驚小怪地做出兩次專題報導「母親loss」呢？平心而論，「母親loss」一詞叫人感到彆扭的程度，跟「pet loss」或者「海女loss」相比，都有過之而無不及。思念母親該是生物最基本的感情，因爲她才是自己生命的根源。然而，如今的人類生活在極其人工不自然的環境裡，脫離動物的本能遠之又遠：一會兒把狗貓當作至親伴侶，一會兒將電視劇的登場人物視爲虛擬家族。然後，當現實中失去母親之際，忽然給自己本能之強烈嚇壞，匆匆去精神醫院要抗抑鬱藥，竟然被大眾媒體當新聞報導出來。

我不懂的是，按道理應該對措詞最敏感的職業編輯，爲何沒有發覺「母親loss」一詞明顯冒瀆人性？這似乎只可能是：長期把寵物、電視人物當虛擬家人過日子的結果，本來天生就具備的，將同類和異類自動分別開來的能力上出了問題。她們（當時《週刊朝日》的編輯是女性）對母親去世以後的憂鬱感到意外，才採用起「母親loss」一詞的。可說問題滿嚴重。好孩子，媽媽不在了，感到痛苦是再自然不過，完全正常的，根本不需要用外國的流行語來煞有介事地描述，更不需要當它是疾病去看醫生或吃藥。你難過就儘管哭吧。那不是什麼症候群，而是人的情感，一點都不意外。

卷三

書寫潮流

再見情慾之門！女作家進了佛門

瀨戶內晴美（寂聽）的一生，若要用一個詞來總結的話，
似乎只有一個「生命力」了。

當我執筆此文的二〇一七年四月，女作家瀨戶內寂聽以九十四歲高齡，仍然百分百活躍於日本文壇。過去一個月，她不僅有新書《巡訪我喜歡的佛像們》問世，而且爲衛星電視節目跟常惹是非的女明星澤尻英龍華對談，也接受《朝日新聞》的訪問。她和目前以《九十歲。有什麼可喜的？》一書占領暢銷書排行榜第一名位置的佐藤愛子（九十三歲），該可稱爲扶桑兩大超級歐巴醬作家。

瀨戶內寂聽，原名三谷晴美，兒時父親過繼給親戚，全家改姓瀨戶內。她五十一歲出家，後來用法名寂聽繼續發表文章。

一九二二年出生於日本瀨戶內海邊四國德島縣的晴美，是兩姊妹的老二，父親是細木工。她十八歲就離開家鄉，到首都念東京女子大學國文系，沒畢業之

前就相親結婚，並隨教書的丈夫到當時在日本占領下的北京成家，有了個女兒。一九四五年日本戰敗以後，舉家回四國家鄉。在太平洋戰爭末期，德島小鎮遭到美軍飛機轟炸，母親和爺爺在防空洞裡被活活燒死。丈夫爲謀生，先獨自去東京，幸虧找到了政府部門的差事。在那期間，晴美在丈夫的遙控指令下，參與當地的選舉事務，未料在過程中，跟丈夫以前的學生談起了戀愛。比她小四歲的學生，就是《夏之殘戀》裡出現的涼太／田代早年的風姿。不久三口子搬去了東京，可她就是忘不了年輕的戀人，最後留下幼小的女兒離開了丈夫。然而，好不容易在一起的情侶之間，不知爲何戀情再也不能燃燒起來。她不由自主地開始過單身女人的日子，同時也走上了成爲小說家的道路。

被叫「子宮作家」的時期

晴美當時二十五歲，到京都投靠東女大時的老同學，邊上班邊寫作。她投給兒童雜誌、少女雜誌的作品，逐漸開始被接受登在刊物上。耐心等待她回來的丈夫，三年以後終於同意離婚。曾經把放棄女兒的她叫做「鬼」，一時斷絕來往的父親也上了西天。二十九歲的晴美，爲了登上文壇而又來到東京，在太宰治生前住的西郊三鷹住了下來，一邊寫少女小說維生，一邊參加著名作家丹羽文雄主辦的小說雜誌《文學者》。在那圈子裡認識的小說家小田仁二郎，就是《夏之殘戀》裡的愼吾／久慈的模特兒。

小田仁二郎比晴美大一輪，是有婦之夫，可差不多十年之久，有一半的時間在晴美身邊。兩人之間的關係，既是情侶又是藝術上的同志。就是在小田的鼓勵下，一九五六年，晴美根據北京時期的見聞寫了短篇小說〈女大學生：曲愛玲〉，獲得新潮同仁雜誌獎，第一次受到了廣大文學界的注目。跟著發表的《花芯》以婚外情爲主題，被部分評論家說成是黃色小說，作者則被取了「子宮作家」的外號。結果，嚴肅的文學雜誌劃清界線來，不再約稿，叫她飽嘗委屈。然而，正如俗話說，人間萬事塞翁失馬，通俗雜誌的稿約接踵而來，使晴美轉眼之間成爲了流行作家。

那個時候，從前的年輕戀人重新出現在她面前。本來的三角關係，從此變成換了一半角色的四角關係。一九六三年問世，並獲得了「女流文學賞」的《夏之殘戀》所收錄的五篇小說中，〈滿溢之情〉〈夏之殘戀〉〈眷戀不捨〉〈花冷之季〉四篇寫的正是當時的四角關係逐漸瓦解下去的過程。只有最後一篇〈雉子〉則描寫晴美之前爲戀愛而丟下女兒的始末。這些作品，除了登場人物的名字屬於虛構以外，架構和情節基本上都反映了作者的親身經歷，正符合「私小說」的定義。

在日本，明治維新以後，從西方引進了小說這一文學形式。二十世紀初期到中期的東瀛作家們，猶如西方天主教徒定期到教堂懺悔一般，面對稿紙拿起筆來，就老老實實告白隱私，把人性弱點公開於世，而相信那樣才是誠懇的藝術行為。在當時重男輕女的日本社會，小說家大多是男性，尤其寫「私小說」的，以無賴派男作家為主。在這一點上，瀨戶內晴美屬於少數，但也不是例外。

無論男女，都無賴

一九六一年，她寫女性作家的評傳《田村俊子》得到了獎賞，以此為自己、為日本文學界，開啓了新的寫作領域。後來陸續發表的女性藝術家、革命家評傳有：《女德》（高岡智照，一九六三）、《加乃子撩亂》（岡本加乃子，一九六五）、《美在亂調》《楷調則偽》（伊藤野枝，一九六六）、《蝴蝶夫人》（三浦環，一九六九）、《遠聲》（管野須賀子，一九七〇）、《餘白之春》（金子文子，一九七二）、《青韜》（平塚雷鳥，一九八四）、《孤高的人》（湯淺芳子，一九九七）等等，可見當年瀨戶內晴美是日本女性主義書寫的先驅。

寫有分量的評傳之同時，私小說作品也不斷問世。從四角關係掙扎出來以後，她跟年輕情人的同居生活卻沒有維持多久。他經濟上依靠女作家，另一方面跟年輕女郎交往，甚至談到結婚，導致年長的女作家患上神經衰弱，幾次鬧自殺。二〇〇一年問世的《場所》可以說是私小說作品的總結篇。每一章的標題是故鄉「德島」、曾經獨居的「京都」、跟小田同居的東京「三鷹」「西荻窪」「野方」、跟涼太一起住的「練馬」「中野」、成名以後搬去的「目白關口台町」「本鄉」等地方，七十八歲年邁而剃頭、穿法衣的女作家，一處一處地，隔幾十年去重訪，並且回想當年，寫下感想。

雖然在文壇上成功了，可是曾經放棄過親生女兒，後來也沒有正式結婚，心底的空虛是難以填平的。四十歲以後，她一方面覺得自己過著晚年，另一方面又跟一個有婦之夫搞上男女關係。書中沒有寫出名字，可是後來當事人都公開承認，那是六十六歲去世的無賴派小說家井上光晴。當他女兒井上荒野，二〇〇八年獲得直木賞的時候，由井上遺孀和老情人瀨戶內一起陪伴，而且夫人身著丈夫生前跟情人要來的和服，叫台下的觀眾覺得：老一輩文人圈子，男的女的都無賴得可以。

敢做敢言，一代達人

一九七三年，五十一歲的瀨戶內晴美出家。她剃掉頭髮，並宣布遠離男人，但是仍舊吃半生牛排，也喝酒。翌年，她在京都嵯峨野開創了曼陀羅山寂庵，從此以法名寂聽行文。曾經放蕩的女性小說家，忽然翻身爲尼姑，一時轟動了日本社會。不過，她強就強在文筆好，稿量多。在原來的私小說和女性評傳的基礎上，出家以後，也開始書寫有關佛教的作品。一九八八年問世的《寂聽般若心經》銷售了四十三萬本。一九九二年發表的一遍上人傳記《問花兒》則獲得了谷崎潤一郎賞。一九九六年，小說《白道》的成功帶來了藝術選獎文部大臣賞。曾經被貶爲「子宮作家」的她，過了四十年，七十四歲，終於被日本官方肯定了。翌年，她也被定爲文化功勞者。二〇〇六年，更收到了文化勛章。

從一九九六年到九八年，由瀨戶內寂聽翻譯成現代日文的古典小說《源氏物語》共十冊，由講談社出版。原作問世的平安時代貴族們個個都皈依佛教，而且不少登場人物都中途出家。雖然之前也出版過好幾種白話版，可是由愛情和佛教兩方面的專家瀨戶內解釋起來，當代讀者對《源氏物語》的理解，確實能夠比原先深刻一些。

後來，每一年，她都有好幾本新書問世。光是七十歲以後出版的著作，都已經超過了一百種。同時，關於世界和平、廢棄核能、反對死刑等社會問題，她都非常積極地發言。在示威、靜坐等場合，她光頭穿袈裟的樣子特別顯眼。二〇一二年，九十高齡的瀨戶內寂聽，竟然爲反對核能而參加絕食鬥爭，被媒體大篇幅報導。她的敢言敢做，在日本博得男女老少的支持。早期是私小說作家，後來進佛門修行，而且活到九十多歲，在任何意義上，她都左右逢源，都是達人。果然，在寂庵等地舉行的說法會，每次都吸引上千名聽眾報名，只有抽籤抽到的幸運兒才有機會當場聆聽。

人活著就是為了死，不死的人最噁心

二〇一四年，九十二歲的瀨戶內寂聽，因脊椎壓迫骨折住院，其間醫生發現了她患有膽囊癌。於是施以全身麻醉，做了大手術以後，有半年時間只能躺在病床上煎熬，不能走動，所有在報紙、雜誌上的連載，以及在寂庵等地的說法會計畫都只好取消了。然而，後來恢復的速度和程度，簡直跟奇蹟一般。二〇一六年，九十四歲問世的《求愛》一書是掌篇小說集，由三十篇全部關於性愛的短小故事組成，其中包括婚外情、賣淫、殉情等等，恐怕叫正派人士們皺眉的話題，很難相信出自高齡尼姑之手。連生病、動手術、受苦的經驗，都沒有打垮她。反之，被她寫成養病散文集的《老化、疾病都接受吧》由新潮社出版了。

概觀瀨戶內晴美／寂聽的一生，若要用一個詞來總結的話，似乎只有一個「生命力」了。在新書的宣傳動畫裡，這位尼姑說：「我這次體會到，人出生是爲了老化，人活著是爲了死去。反正都是要死的嘛。不死的人最噁心啊。那麼，盡量死得好看爲好（微笑）。」這就是她養了一場大病後的心得。除了「生命力」以外，顯然還有很大一塊「幽默感」的成分。在新陳代謝頗快的日本文壇上，前後五十多年一直能夠保持流行作家的位置，果然歸功於她與眾不同的「生命力」和「幽默感」。但是，讀過她私小說的我們也知道：這位奇特的女性藝術家，中年出家前，曾爲猙獰的情感，多麼厲害地害過自己和別人。《夏之殘戀》和獲得了野間文藝賞的《場所》，可以說是最好的證據。她的前半生和後半生，兩個面貌之間的矛盾，就是文學的所在，沒有錯。

再見方塊字！島國女人用平假名寫隨筆

時代環境如此迅速地變化，自然就反映到女作家書寫的內容上了。
每一代的人氣隨筆家，都是同代人的生活以及思想的鏡子。

日本歷史上，最早寫隨筆出名的是平安時代的女作家清少納言。西元十一世紀初，她用平假名寫的《枕草子》至今仍被視爲日文隨筆代表作品之一。平假名是日本人把漢字改造而成的表音文字，早期主要由女性使用，因而有「女手」的別名，乃相對於「男手」即漢字而言的。

在古代日本，男性官員在政務上用的是從中國傳來的方塊字，被視爲適合於理性書寫。至於日本國粹平假名，則被視爲適合於感性書寫。因此要寫感性文章的時候，連男性都冒充女性用起了平假名執筆；最有名的例子便是紀貫之寫的《土佐日記》。

有如此這般的歷史，在日本隨筆界，直到如今女性作家的存在感都壓倒男性作家，也許該說理所當然。我每個星期天樂於閱讀的《每日新聞》副刊上，就有小說家吉本芭娜娜和醫生海原純子，以及另兩位女作家的隨筆連載。《週刊文春》上連載的林眞理子、《星期天每日》週刊上連載的中野翠，都已經寫了好幾十年的隨筆專欄了。前些時日，純文學作家金井美惠子在《一本書》雜誌上的連載隨筆「目白雜記」持續了很多年以後終於停止，叫好多書迷難過了一陣子。

個個單槍匹馬闖文壇

在我長大的二十世紀後葉，曾有一大批文豪級的女性隨筆家們。

森茉莉（一九〇三－八七）和幸田文（一九〇四－九〇）分別是明治時代的大作家森鷗外、幸田露伴的千金。白洲正子（一九一〇－九八）是第一任台灣總督樺山資紀海軍大將的孫女，一九二〇年代就留學美國，嫁給了戰後日本的頭號帥哥英雄白洲次郎。須賀敦子（一九二九－九八）則從慶應大學研究生院留學去歐洲巴黎、米蘭，二十年後回日本順理成章地當上了耶穌會經營的上智大學教授。可以說，直到二十世紀末，女作家要在日本文壇上占塊地盤，似乎非得要有父權社會承認的家庭或事業背景。包括以《我的廚房》《我的淺草》等生活散文著名的演員澤村貞子（一九〇八－九六），也出身於眾多娛樂界名人輩出的家庭。

這個情形，今天已經大爲不同了。例如，當下很活躍的小川洋子、酒井順子、角田光代、津村記久子等，沒有一個是名人的女兒，也沒有一個擁有長期在國外留學的經歷。恰恰相反，她們是單槍匹馬靠自己的本事在日本文壇占到地盤的。

一九六二年在瀨戶內海邊岡山縣出生的小川洋子，早稻田大學文學系畢業以後，回家鄉，二十四歲就跟製鐵公司的職員結婚做了家庭主婦，後來帶著一子開始寫作，二十八歲以《懷孕日記》贏得了芥川獎。這些年頭，她都跟著上班族丈夫居住於不同的小城市，卻不停地寫作發表作品，也獲得過各類獎賞，如今是芥川獎選考委員之一了。小川的經歷，是中產階級家庭婦女成功的故事，即使跟小她僅幾歲的酒井順子或角田光代相比，也有點兒像童話裡面發生的事件了。

不需要父親的名字來背書

拿一九六六年出生的酒井順子爲例吧。她還在立教女學院高中的時候，就開始爲《Olive》雜誌寫專欄了。那該是小川洋子在讀大學的時期。可是，鄉下來的女孩子如小川，來東京上名門大學都只能住在郊外的學生宿舍，一定沒有機會出入位於中心區的時裝雜誌編輯部。酒井則從小在首都長大，讀的是著名創作歌手松任谷由實畢業的私立女校，對東京的消費生活瞭如指掌。再說，時代也幫了她很大的忙。酒井正在讀立教大學的一九八六年，男女雇用機會均等法施行，可以說在東瀛女性主義思想正式來臨；從此，學校畢業的女生都跟男同學一樣出社會做事了。有了自己的工作和收入，就不再需要為生活而結婚。結果，包括酒井自己在內，她老同學中的四成一直沒有結婚。

一九六七年出生的角田光代，則在臨近東京的橫濱長大。雖然內向的個性跟酒井大為不同，可是她也在就讀於早稻田大學文學系時期已開始寫小說投給少年文學出版社了。大學畢業以後，角田轉往純文學寫作，經幾次被芥川獎提名而落選，改寫起娛樂小說來，二〇〇五年終於獲得了直木獎，當時她三十八歲。角田也大學時候就開始寫文章賺稿費，從來沒有上過班。好在一九九〇年前後的日本泡沫經濟，叫單身女生都能夠以筆維生。雖然在獲得直木獎以前，角田的收入不很多，但是一直有足夠的錢揹著背包去東南亞等地方旅行。角田光代結過婚、離過婚、也再婚，可是始終沒有生育。她跟結婚生了孩子以後慢條斯理地當上作家的小川洋子，雖然彼此為早稻田大學文學系的前後同學，年紀也只差五歲而已，但是明顯屬於兩個不同的世代文化。

可以看得出來，男女雇用機會均等法施行、泡沫經濟開始的一九八六年，對廣大日本女性來說是歷史的轉折點。那一年以後出社會的女生們有了養活自己、單身過日子的選擇。果然，文壇上的女作家們也不再需要拿父親的名字當背書了。

講到這裡，叫人非常懷念也替之切齒扼腕的是，早五年在台灣遭飛機事故而喪命的向田邦子（一九二九－八一）。她是保險公司小職員的女兒，屬於戰前日本的中產階級，大專畢業以後任職於出版社，後來寫廣播、電視劇本出名，翻身爲作家，五十一歲獲得了直木獎，第二年就去世。她不是名流出身，小職員父親的名字也不夠當背書，全然是靠自己的能力出名。儘管如此，她最初在《銀座百點》雜誌上連載的隨筆就題爲「父親的道歉信」，而且她去世以後，有個男作家山口瞳在週刊雜誌上發表的文章裡認眞討論「向田邦子到底是不是處女」。山口的結論是「她應該是處女」。但她是在娛樂圈混了幾十年，享年五十一的公認美女呀。顯而易見，在父權仍舊強大的日本社會，她只好一輩子戴上「父親的女兒」之面具並扮演「老處女」的角色；離「八六後」女作家們自由自在的生活環境相隔十萬八千里。

失落一代的代言人

未料，一九八六年開始的日本泡沫經濟，只持續了五年左右就破裂。一九九〇年代以後的日本經濟，長期處於衰退的局面。同時，全球化的潮流也越來越不可擋，搞不好要在物價昂貴的日本，拿著新興國家水平的薪水生活了。從一九九三年到二〇〇五年，學校畢業要找工作的新人很多都吃了閉門羹，媒體稱之爲「就職冰河期」。

一九七八年出生的津村記久子，比酒井順子小一輪。歷史轉彎的一九八六年，她還是個住在大阪的小學生。她小時候父母離婚，被單親媽媽帶大，生活中始終有甩不掉的不安全感。剛上初中，國家經濟的泡沫就破裂，整個中學和大學時代，她都在耳邊聽著「就職冰河期」的詛咒過日子。果然在好不容易加盟的第一家公司裡，她遭到上司的欺凌，十個月以後遞辭呈，開始邊當臨時工邊寫小說了。本來就家計不寬裕的單親家庭，在「就職冰河期」的風雨中，光求生存就夠不容易，哪兒還有心思揹起背包去海外旅行？獲得了二〇〇九年芥川獎的《綠蘿之舟》裡，彷彿作者津村記久子的女主角，上班的工廠牆上貼著「一百六十三萬日圓坐郵輪繞地球」的旅行社海報。那價目恰巧相當於她一年的薪水；可是若願意只用晚間在咖啡廳跑堂、週末當電腦輔導員的酬勞生活，她可以一年裡存那麼多錢的。然而，好事多磨，大學時候的老同學帶著女兒從丈夫家出來要寄宿，爲了幫她們，女主角只好取款借錢給她用。

從一九九三年到二〇〇五年的「就職冰河期」出社會的一群人，被日本媒體稱爲「失落的一代人」（lost generation），正如上世紀二〇年代的歐美年輕人。二〇〇〇年大學畢業的津村記久子常被當作同代人的代言者。對她這一代人來說，工作不再是選擇而是義務，因爲他們這一代的男生們，也一樣經過「就職冰河期」而失落。像小川洋子的丈夫那樣，輕鬆養得起妻小的上班族男人，在如今的日本社會，越來越少到幾乎絕滅。

普普通通一個人也可以過幸福日子

時代環境如此迅速地變化，自然就反映到女作家書寫的內容上了。每一代的人氣隨筆家，都是同代人的生活以及思想的鏡子。二十世紀後葉的文豪級女作家們，曾是同代女性讀者的偶像。當時國家經濟還在成長中，所以即使一時只有羨慕的分，說不定過了幾年以後，讀者自己也能夠去偶像們曾在文章裡寫到的地方。事實也就是那樣；很多日本女書迷都拿著須賀敦子的散文集而上了往義大利的飛機，到了米蘭街頭，就認眞尋找作者年輕時候的影子。

到了「負成長」（實爲衰退的委婉說法）的二十一世紀，隨筆作家的社會角色果然也有變化。津村記久子的隨筆集，在書腰上寫的廣告文案：普普通通、一個人，也可以過幸福的日子。顯而易見，作家再也不是偶像了。她自己甚至在後記裡寫道：「像我這樣普普通通的傻瓜，也好歹活下來了，各位讀者不妨把我當作底線呀。」曾經被仰視的偶像，如今竟變成了底線！

不過，津村並不是自卑的。反之，她很清楚地知道隨筆作品在日本社會一直存在到今天的理由。她寫道：「我衷心希望，你們各自的種種情況不會叫你們自責；如果有哪裡的壞傢伙自行判斷你們的幸福和不幸，而要說三道四的話，請拿這本書給人家看，並且說：你看，世上竟有人老想著這樣沒用的事情而她還是個作家呢。我相信至少會讓對方覺得棉花堆裡打拳一樣，白費了氣力。」這究竟是什麼意思？也許用了方塊字就比較難溝通吧。總之，她在普普通通的外表下，其實擁有著很深厚的俠氣和同情心呢。換句話說，這就是日本傳統的平假名書寫，特別能夠觸摸讀者的心弦。

再見瀏海！小說家的額頭光亮亮

雖然是位當代日本作家，小川洋子的作品包括小說和散文，
始終洋溢著一種很遙遠的感覺，
好比她是幾百年前在歐亞大陸某處的作家一樣。

在當代日本純文學作家當中，除了村上春樹和吉本芭娜娜之外，最多作品被介紹到國外去的小說家，大概就是小川洋子了。獲得了一九九一年芥川龍之介獎的《懷孕日記》、二〇〇四年讀賣文學獎的《博士熱愛的算式》、二〇〇六年谷崎潤一郎獎的《米娜的行進》等作品，紛紛翻譯成英文、華文、法文、義大利文等，並且受世界讀者的肯定和歡迎。其中，法國讀者似乎對她的作品情有獨鍾，一九九四年發表的《無名指的標本》更於二〇〇五年由女導演Diane Bertrand拍成了電影。

小川洋子一九六二年三月三十日出生於日本岡山縣岡山市。那兒是面對瀨戶內海，人口約七十萬的中等規模城市。父親是國家公務員，在日本社會屬於中上層。

小時候的她不善於社交，倒喜歡一個人逍遙於小說世界裡，父母就給她訂了《世界少年少女文學全集》，乃每個月送來一冊的。她放學回家以後，邊看書，邊吃母親手工做的餅乾、布丁、蘋果派等西點。每天早上，母親都用梳子和橡皮筋把寶貝女兒的前髮紮在頭頂上，免得前額被遮蓋而影響學習；她希望女兒長大以後考得國家資格而經濟上獨立，不必生活上靠男人。

從小愛文學的良家千金，高中畢業後，上東京早稻田大學文學系，當上村上春樹的直系學妹。四年後畢業，她回家鄉，在一所大學醫院當祕書。不久結婚而辭職，但是顯然在心底有文學抱負，並沒放棄。二十六歲寫的《毀滅黃粉蝶的時候》獲得海燕新人文學獎。二十七歲生孩子以後也繼續寫作，二十八歲贏得芥川獎而登上了中央文壇。從次，小川洋子的文學事業未曾間斷過。二〇〇七年起擔任芥川獎選考委員，如今可以說是日本文學界的慈母了。

阪神區的特有洋氣

《總之，去散步吧》是小川洋子從二〇〇八年到二〇一二年，每個月在日本《每日新聞》上連載的散文集結而成的書。當時她由於丈夫的工作，住在大阪和神戶間的蘆屋市。

那裡是谷崎潤一郎的故地及其代表作《細雪》的背景，也是村上春樹的故鄉及其出道作品《聽風之歌》的背景。小川也寫過以蘆屋爲背景的半幻想小說《米娜的行進》。看過三本小說的人，大概會感覺到所謂「阪神間」地區特有的洋氣，或者說日本其他地方少有的開朗氛圍吧。蘆屋北邊的六甲山是當地有錢人夏天去避暑的地方，至於〈六甲落山風〉則是當地棒球阪神老虎隊的主題歌。在南邊蘆屋川岸上，西班牙式別墅鱗次櫛比，對面則有一片又一片的網球場，前方在松樹林後面看得到大海。在這塊全國數一數二的高級住宅區，四十多歲的中堅女作家每天牽著寵物狗拉布去散步幾次。對整天躲在家裡寫作的小說家而言，牠是最親密的家人，何況狗的名字「拉布」，雖然該是取自「拉布拉多犬」，但日文發音跟英語愛情（love）不謀而合呢。

從小就擁有幻想的自由

雖然是位當代日本作家，小川洋子的作品包括小說和散文，始終洋溢著一種很遙遠的感覺，好比她是幾百年前在歐亞大陸某處的作家一樣。有可能是她身在遠離首都東京，跟中央文壇隔絕的地方，一個人默默地埋頭寫作的緣故。有可能是她從小到現在都喜歡獨自逍遙於文學作品裡的緣故。好像在她腦海裡，總是打開著好幾本書；在現實中發生的任何小事，都隨時會跟虛構的故事混雜起來似的。比方說，《總之，去散步吧》收錄的每一篇文章裡，都出現一本甚至好幾本小說，而她的敘述從現實生活出發，經過小說再回到現實中來，或者又進入另一本小說裡去。所以，當我們看完一篇文章的時候，讀後感猶如剛夢醒一般。也許，小時候不善於社交，專門做白日夢的女孩子，一直留在小川洋子的心靈裡吧。她簡直還一邊吃媽媽做的餅乾呀、布丁呀、蘋果派呀，一邊看剛收到的《世界少年少女文學全集》其中一冊的樣子。果然，這麼多年，她額頭仍然那麼發亮著，從不讓瀏海遮蓋而影響她思考。

我和小川洋子生在同一年，彼此的生日又只差兩個月，而且讀的都是早稻田大學。在那幾年裡，相信一定曾在圖書館或在學生餐廳擦肩而過。所不同的是，畢業後小川洋子就乖乖地回家鄉，我則遠走高飛漂泊了十年。現在我明白，她爲什麼願意回家；因爲她從小在父母家就擁有沉湎於幻想的自由，所以不必離家出走去爲自己確保創作的空間。每個月書店送來剛出版的厚厚一本文學書，每天在飯桌上擺著媽媽親手做的西式點心。那種有產階級的生活，是我等草根階級只有夢想之分兒的奢侈。就是因爲有那優良的成長背景，小川洋子的文筆方能輕鬆地擺脫現實的約束而往想像中的世界起飛，讓我們讀到華麗神奇的當代天方夜譚呢。

再見虛弱！女孩子家都要堅強

角田光代常提到小時候曾身體虛弱，別人能做的事情自己往往都做不到。
但是，成年以後，她離開家獨立生活，練拳擊又開始跑步，
勇敢地面對來自人生和世界的挑戰。

即使生活在同一個國家社會，不同的世代始終屬於不同的文化。一九六七年在東京郊外橫濱市出生的角田光代，從早稻田大學文學系畢業的一九八九年，恰好爲日本經濟空前繁榮的所謂「泡沫經濟」時期。

早兩年，她以《不再能做翻轉的時候》（さかあがりができなくなる頃）被昴文學獎提名；早一年更以筆名彩河杏寫的《小朋友套餐・搖滾沙士》（お子様ランチ・ロックソス）贏得了Cobalt輕小說獎。也就是說，當年的她是剛剛出道，還在奮鬥中的新人作家，估計並沒有眞正嘗到「泡沫經濟」的甜頭。儘管如此，年輕時候的時代環境，永遠是一個人身上的烙印。角田還是深受著「泡沫文化」的影響。否則，經濟上不太寬裕的二十幾歲到三十出頭，怎麼會想到年復一年都揹上背包去東南亞等地方旅遊好幾個星期？

不外是因爲學校畢業做了上班族的同學們經濟上有條件去美國、歐洲等地觀光、吃美食、購買名牌手提包，叫埋頭苦幹的文學女青年都覺得：即使去不成歐洲，也該可以去鄰近國家走走，好在自由業有的是時間。

結果，一個人背包旅行的經驗讓她的眼界和思想比別人開闊，爲日後寫小說積累了很多素材。只是，從後生的「失落世代」（ロスジェネ）、「寬鬆世代」（ゆとりせだい）、「領悟世代」（さとりせだい）日本人看來，恐怕不太能理解：怎麼手頭上的錢並不多，還要特地去國外背包旅行吃苦？留在日本家中不是更舒服嗎？於是，閱讀角田光代的旅遊散文集《踏上旅程吧，收集從天而降的點點微光》，屬於跟她同一世代的日本讀者會有很強烈的認同感，年輕一代讀者反而會感到有一點距離。幸而，對旅遊文學來說，距離也會是優勢，無論是在地理上的距離還是在感覺上的距離，都會產生一種吸引力叫異國情調。另外，年輕時常去發展中國家的經驗，使她如今能夠接著印度、巴基斯坦、非洲等地寫社會報導文學的工作。

人生馬拉松的陪跑教練

早稻田大學歷來好多位作家輩出：村上春樹、五木寬之、栗本薰、恩田陸、小川洋子、絲山秋子、重松清、朝井遼等比比皆是。跟學長、學姐們的華麗文學經歷相比，角田光代走來的路應該說不太順暢。

一九九〇年以《尋找幸福的遊戲》贏得了海燕文學獎以後，從九三年到二〇〇〇年，總共六次，她在芥川龍之介獎和三島由紀夫獎的選考過程中入圍，卻都沒有得獎。芥川獎和三島獎是日本最有地位的兩個純文學獎；角田的筆力顯然足以被提名，但是未能得獎。那是從她二十六歲到三十三歲，正逢一個人揹背包去東南亞的時期。然後，她好像刻意改變文風，寫少年小說《學校的藍天》，以《我是你哥哥》獲得了坪田讓治文學獎；而後又寫起以都會女性爲主角的小說，以《空中庭園》獲得婦人公論文藝獎；二〇〇五年，三十八歲時終於以《對岸的她》贏得了直木三十五賞，即日本最有地位的娛樂小說獎。

至今十餘年，角田光代不停地寫小說，也常在雜誌上發表紀行文、食記等。在日本新舊書市場上，她的著作共有四百五十七種之多。這些年，她不僅獲得了一個又一個文學獎，而且如今更成爲山本周五郎獎、川端康成獎、松本清張獎等等的選考委員了。

角田光代常提到小時候曾身體虛弱，別人能做的事情自己往往都做不到。但是，成年以後，她離開家獨立生活，練拳擊又開始跑步，勇敢地面對來自人生和世界的挑戰，也無論如何都不肯放棄從小的志願：當上職業小說家。在今天的日本社會，不管是男的還是女的，學校畢業以後都得出社會工作，而爲了承擔工作上的責任，大家都需要堅強。在這個時代環境裡，文學家以及文學作品，一方面要爲眾讀者提供奮鬥的目標，同時也要鼓勵搞不好會落伍的朋友們。經過多年的努力和堅持，最後成爲名作家的角田光代，可以說是一身能兼顧兩務的難得人才。

最後補充一點，角田光代也體現了新一代日本女性的生活和思想。從大學時期起，她就有過同居男友以及前後兩位丈夫，但是一貫沒有生育，寵物貓兒當然是要養的。也許是選擇的結果，也許是偶然所致。反正，日本社會有很多類似的女性，該說是時代環境必然導致的。不過，在她們身上，時間一樣會過去；例如她雙親都已往生。對不少讀者來說，角田光代的存在猶如人生這項馬拉松比賽的陪跑教練。她那副曾經虛弱後來堅強的形象，於是就有了加倍的鼓勵作用。

再見希望！還好有作家願意當底線

這種書寫果然贏得同代人的熱烈支持，因為那才是他們真正過的日子，
而每個世代都需要發言人。

每個世代都需要發言人。津村記久子可以說是日本所謂「失落世代」的發言人。

「失落世代」指從一九九三年到二〇〇五年之間，從學校畢業出了社會的一代人。當時日本經濟不景氣到谷底，新人找工作特別困難，媒體稱之爲「就職冰河期」。一九七八年一月二十三日在大阪出生的津村記久子，於「就職冰河期」正中間的二〇〇〇年畢業於京都大谷大學。在好不容易進入的公司裡，她遭到上司的欺凌，只好十個月以後遞辭呈而轉職。之後，她邊上班邊寫作，二〇〇五年以《マンイータ》（中譯：等待放晴的日子）獲得太宰治獎而受到注目，二〇〇九年以《綠蘿之舟》得到芥川龍之介獎。

津村記久子寫的是日本社會中下層的年輕人。太宰治獎作品的主角是三流大學的女學生堀貝。她沒

有交過男朋友，卻不肯承認自己是「處女」，反之要用「童貞女」「不良庫存」等去掉男性觀點的詞語自稱，顯然是被男性中心主義的社會反覆欺負而心裡受傷所致。她本人以及朋友們都多多少少遭受過虐待，乃來自家庭、學校、廣大社會等各方面的。老一輩的著名作家松浦理英子高度評價這部小說，寫道：「它具備著訴諸讀者靈魂的力量，是一部傑作。」

又如《綠蘿之舟》的主角長瀨，她有住處、有工作、有得吃，並不符合傳統意義的弱勢族群。可是，父母離婚以後長期跟母親兩個人住的房子已經破舊，收入偏少導致她兼做三份工作，吃的又是買來的廉價便當。再說，她周圍的老同學們都處於差不多的處境，顯然構成一個社會階層。在經濟低成長，甚至負成長（＝衰退）的社會裡，即使暫時的衣食住行不成問題，總是得小心翼翼地盤算著手頭上的錢還有多少，以便確認短期內不會挨餓，但不可能對未來抱有任何希望。

對未來有沒有希望？

村上龍於二〇〇〇年問世的長篇小說《希望之國》（大田出版）裡，就讓登場人物說過：「這個國家什麼都有，就是沒有希望。」當國家經濟開始萎縮之際，國民生活並不是一下子就變很窮的，但是之前在社會上自然充斥的對未來的希望，會首先蒸發掉。同一年出社會的津村這一代人面對的就是那麼一個時代與社會狀況。當年小泉純一郎首相帶領的長期政權，推行新自由主義經濟政策，打破了日本曾有的終身雇用制即鐵飯碗，結果勞動市場上越來越多低薪而臨時性的非正規工作。當時的流行語是「勝組vs.負組」，可是過了十五年，簡直多半的日本社會都淪落爲「負組」的樣子了。

在「失落世代」之前，從一九八六年到九三年之間出社會的這一代人，則被稱爲「泡沫（經濟）世代」；當時找正規工作易如反掌，收入也偏高，每年的期中和期末，還能期待可觀的獎金。在那樣的時代和社會環境裡，二十多歲的年輕人都買得起名牌服裝、皮包，也常到國外度假旅行，跟《綠蘿之舟》的女主角謹慎考慮能否儲存工廠裡工作一年得來的薪水去坐輪船周遊世界，呈現明顯的對比。在「泡沫世代」和「失落世代」之間，最大的差別在於對未來有沒有希望，而其背景是非正規工作的增加，即經濟全球化的進展。

每個世代都需要發言人

跟二十世紀女作家們曾經寫的家庭、戀愛、消費生活不同，津村記久子主要寫工作，即職場上的喜怒哀樂。如今全球化潮流波及日本，留在家裡伺候丈夫、孩子的「專職主婦」早已成了昔日的傳說；反之，不分男女都要把時間賣出去換成金錢生活。老實說，由年長的讀者看來，津村書寫的內容低調得簡直令人不敢相信。難道小說家不再給讀者看華麗的夢想了嗎？她一本散文集的書腰上竟然寫著：「既低調又單身，也可以過得幸福呢」。上個世紀的女作家們寫了帥哥男友、海外旅行、高級餐廳；津村記久子則寫女同學、郊區的商場、連鎖餐廳。令人大開眼界的是，這種書寫果然贏得同代人的熱烈支持，因爲那才是他們眞正過的日子，而每個世代都需要發言人。

如今在全球化的世界，大多數人過著很低調的生活。從這一點來看，津村記久子的書寫可以訴諸全世界工作的人們。她在日常生活中找到的小小樂趣，也會引起各地讀者的共鳴吧。《卯起勁來無所謂！》日文原版的後記裡，作者寫道：「像我這樣普普通通的傻瓜，也好歹活下來了，各位讀者不妨把我當作底線呀。」。她顯然志願要寫療傷文學；這其實是自尊心很高的人，才能承擔的高貴任務。津村記久子已辭職，而當上專業作家，並且獲得了二〇一三年川端康成文學獎和一六年的藝術選獎新人賞。希望今後她越來越多作品被翻成中文，能到達台灣讀者的手中以及心中。

再見太平洋！我們到後山去

說到花蓮、台東，很多人都想到藍色的天空和大海似的發呆一會兒，
然後嘆口氣說「好美」，感覺挺像酒井順子書名中的「幸福」。

有一次在台北，我向一位朋友提到：

「工作完了就要坐火車去宜蘭了。」

他的反應出乎我的意料，於是留下了特別深刻的印象。

「宜蘭是我老家。妳知道嗎？每次從台北坐火車回家鄉，經過多座隧道，終於在左邊看到大海時的感覺，簡直像川端康成小說《雪國》的第一句：穿過縣界長長的隧道，便是雪國。」

當時我覺得怪裡怪氣，因爲諾貝爾文學獎得主寫的是積雪的日本海岸，人家的故鄉倒是陽光燦爛的台灣東岸。然而，很多年以後，看著酒井順子寫的《裏日本的幸福》，我忽而拍起大腿領悟到：其實，他的感覺是非常準確的；日本海在多數國人的印象中，的確是跟台灣東岸一樣的「後山」。

表裏日本與台灣後山

酒井一書的日文原名叫《裏が、幸せ》（台譯：裏日本的幸福），只是在中文和日文裡，「裏」字所指的意思不完全一樣。日文中的「裏」（うら）相當於中文的「後邊」或者「背面」。所以，「裏街」（うらまち）是「後巷」，「裏書」（うらがき）是「背書」，「裏金」（うらがね）是「小金庫」，「裏社會」（うらしゃかい）是「黑社會」。怪不得，曾被叫做「裏日本」（うらにほん）的日本海沿邊地區居民提出了抗議。結果，如今在日本的主流媒體上已經看不到「裏日本」一詞了。但是，把太平洋沿邊看成「表日本」（おもてにほん），把日本海沿邊看成「裏日本」的感性，仍然保留在多數日本人的心目中。所以，即使書名委婉說「裏」（うら），大多數日本人馬上曉得是日本海邊的意思了。

台灣東岸之所以被稱爲「後山」，是歷來漢人移民建設的城市如台南、彰化、萬華等等都在面對台灣海峽的西岸所致吧。相比之下，台灣東岸面向的是無邊無際的太平洋。雖然在語言文化方面跟台灣原住民有很多共同點的南島語諸族都住在大海那邊，但是由中國大陸出身的漢人角度來看，那無非是化外之海。日本海的情形有點不一樣。畢竟，古代從中國大陸、朝鮮半島傳播到東瀛的先進文化，無例外地渡過日本海而來。全日本兩大神社之一出雲大社就位於日本海邊島根縣。直到公元十九世紀的江戶時代末期，從商城大阪經瀨戶內海、關門海峽，沿著日本海岸一直航行到北海道的「北前船」曾是日本國內首屈一指的重要貿易路徑。具有歧視味道的「裏日本」一詞普及，則是促使日本打開國門而進行近代化的美國船隻出現在太平洋岸，使得位於太平洋岸上的橫濱、神戶等漁村翻身爲開放港口，把先進的工商業文化設施以及鐵路等等都領先在太平洋岸建設以後的事情。

一個人的鐵路旅行

酒井順子是以描寫單身女性生活及意見的散文集《敗犬的遠吠》而走紅。她在東京出生長大，就讀聖公會開設的立教女學院，從高中時期開始就在商業雜誌上寫專欄，至今做了三十多年的職業作家。她的優勢是一方面精通東京的女性流行文化，另一方面則以局外人的視角加以分析。她的文筆往往散發出男性御宅的味道來，卻對日本女性的生活細節永遠格外親近熟悉。

曾經在日本，對鐵路感興趣的主要是男性，鐵路書寫也被松本清張、西村京太郎等男性推理小說家壟斷。公然表明喜愛鐵路旅行的女作家，酒井順子大概是第一人。她爲自己塑造的角色是女校裡的T，喜歡專門做傳統上屬於男性圈子的活動，包括一個人的鐵路旅行在內。直到一九八〇年代，日本很多旅館都不接待單獨女客，怕是失戀了想不開，搞不好晚上要上吊了事等等。後來，職業女性增加，爲出差或者休假，一個人出來的女性就多起來。旅館業方面也捨不得錯過女客生意了。儘管如此，單獨旅客在日本始終是例外；不分男女，多數人還是選擇跟異性或同性朋友一起旅行，選擇單獨活動的，若是男性就被視爲御宅，若是女性則被視爲敗犬。好在今天日本的御宅/敗犬一族有了個口齒清楚的代言人：酒井順子。她爲單獨遊客們選擇的旅遊目的地，就是少有人走的「裏日本」，該說順理成章了。

趕緊去看看裏日本

原來，酒井在立教大學讀的專業是觀光學，怪不得對各景點的市場潛力很有辨識力。加上，她對日本文學的造詣又深。在這本書裡，她就通過川端康成《雪國》，水上勉《風的盆戀歌》等以「裏日本」爲背景的小說，來探討外地以及本地出身的日本人對「裏日本」有什麼樣的看法、印象。最後，她也指出來，日本的政治領袖中，「裏日本」出身的政治家占的比率非常低，才一成左右。其中最著名的是新潟縣人田中角榮。他不僅來自「裏日本」，而且只有小學文化程度，恨不得拉高故鄉「裏日本」在全國人民心目中的地位，於是策劃的北陸新幹線，近年終於開通，讓「表日本」居民去日本海邊比原先容易多了。果然，酒井順子的這本書跟北陸新幹線於二〇一五年幾乎同時問世。要不然，「裏日本」眞的很少受到主流媒體的關注呢！

這些年，台灣人對東海岸的印象變得正面多了。說到花蓮、台東，很多人都想到藍色的天空和大海似的發呆一會兒，然後嘆口氣說「好美」，感覺挺像酒井順子書名中的「幸福」。相比之下，日本人對「裏邊」的心中距離還相當遠；聽到日本海，首先想到的仍然是「冬天下大雪吧？」而個中明顯有貶意。結果，酒井順子在《裏日本的幸福》裡介紹的很多景點，都還沒有太多日本遊客去過。所以，中文版讀者看完之後，趕緊去走走，保證能看到沒被過度商業化的旅遊景點。不亦樂乎？

再見暴發戶時代！潮流是「極簡」

如今的大陸中國人有點兒像過去曾被貶為「經濟動物」時候的自己，
所以皺著眉頭的同時，不能不覺得有點心疼。

香港天后地區曾有家日本餐廳叫「利休」。有一次，帶我去用餐的當地朋友說：「日本人眞的很謙虛啊，做生意還取『利休』這樣的字號；若是華人的話，則一定會取『利豐』『利發』等等了。」我匆匆回話說：「嗯。不過，『利休』這個店名應該是取自『千利休』，即在日本被譽爲『茶聖』的茶道創始人的名字。」對方稍微不好意思地說「原來是這樣」，而並沒有追問我，「那位『千利休』又爲什麼要取這麼謙虛的名字呢？」不過，作爲華人，他覺得「利休」這樣的名字實在不上進也說不定。

看著中野孝次寫的《清貧的思想》，我不由得想起那次在香港的對話。這本一九九二年日本的暢銷書，開頭就講到西元十六、十七世紀的文人本阿彌光悅和他母親妙秀有關茶具的故事。當年千利休去世後不久，眾人對他樹立的「侘茶」之概念還不很清楚。利休的主人豐臣秀吉、織田信長等武士領袖都欣賞好茶具到當作俸祿送給部下的地步，再說利休自己生前也勸過弟子們：即使一件也好，要擁有好茶具而日常使用。所以，當有眼光的本阿彌光悅看到頂好的茶葉罈子時，就賣掉房子、還跟別人借錢都要得到是情有可原的。終於把它拿到手的光悅，就高高興興地帶到他主人家加賀國諸侯前田老爺那裡報告。果然他老人家看到了也拍手喝采，以致周圍的家臣們要以巨款當場買下讓主人擁有。此時光悅卻板著臉說：「這是老爺每年給我的俸祿存下來而買的，我今天帶來是爲了感謝老人家並分享眼福而已，並不是來做買賣的。」他的一言一行叫眾家臣生氣，唯獨他母親妙秀聽到後誇兒子道：「你做得很對。」

掀起日本寵物熱潮的先驅

中野孝次一九二五年在東京東郊千葉縣出生。他父親是老派的木匠，要兒子乖乖地繼承家業，並堅決認爲平民子弟不需要受高等教育。因此孝次小學畢業以後，就沒能上中學。後來，他靠自修苦學考得了中學畢業資格，並經九州熊本夏目漱石曾執教過的第五高等學校，終於考上最高學府東京大學文學系德文科。畢業以後，任教於東京的私立國學院大學，早年翻譯過卡夫卡的《城堡》、格拉斯《狗年月》等德文小說。一九六六年，當時四十一歲的中野孝次，被大學派到奧地利首都維也納去研究，其間邂逅了十六世紀法蘭德斯畫家勃魯蓋爾的作品〈雪中獵人〉，開始在整個歐洲開著金龜車到處尋找同位畫家的作品。勃魯蓋爾的很多繪畫都以農民生活爲主題，讓平民出身的中野繞了遠道後重新發現自己曾一度嫌惡而放棄的日本庶民文化。回到日本以後，他開始寫關於日本歷史、古典文學的隨筆以及自傳體小說，以一九七六年問世的《往勃魯蓋爾的旅行》獲得日本隨筆家俱樂部獎而登上文壇。

基層出身的少年曾熱烈嚮往西方文化，然而中年爲研究文學去歐洲長期逗留所體驗的現實，殘酷地破壞了早年的憧憬。顯然那一次的經驗使中野孝次從一名學者演變成一名作家。跟著《往勃魯蓋爾的旅行》，他寫的自傳體小說《麥子成熟的日子裡》也獲得一九七九年的平林泰子文學獎。那獎賞是基層出身的女性小說家爲「把生命獻給了文學但得到的好報不多的人」舉辦的。好在八〇年代以後，中野得到的好報可不少了；幾乎每年都出版幾本書，其中從日本古典歷史取材的隨筆類約占一半。儘管如此，眞正使他爆紅的是一九八七年由文藝春秋出版的長篇隨筆《有哈拉斯的日子》，乃寫他對寵物狗之愛。中野夫婦沒有孩子，所以中年有緣的寵物狗哈拉斯，對他們來說簡直是孩子兼孫子那麼可愛。最後失去牠的時候，所感到的悲哀之深，作者描寫如下：「若是最愛的對象，人死和狗死還有區別嗎？」《有哈拉斯的日子》一九八九年拍成電影，著名演員加藤剛和十朱幸代扮演中野夫婦。該作品可以說是日本寵物熱潮的先驅。

為了過真正充實的人生

可見，中野孝次曲折而豐富的人生經歷使他的觀點不同於其他的作家。當一九九二年元旦，他拿起筆來書寫《清貧的思想》的時候，早些年膨脹的日本泡沫經濟剛剛破裂，可是大多數日本人還沒有意識到這一次的淪落到底會多麼長、會多麼深。

中野執筆這本書的動機，在前言裡寫得清清楚楚。二十世紀末日本經濟很發達，世界每個角落都看得到日本製造的汽車、家用電器以及爆買名牌皮包、皮鞋的遊客。可是，大多數外國人以為：日本人是只懂得買賣的暴發戶，對文化、藝術、哲學等，一點知識都沒有。我記得一九七〇、八〇年代，曾有過很難聽的英文流行語叫做「經濟動物」（economic animals），就是指當年的日本人。現在想想，跟如今「日本人文靜」的印象相差十萬八千里。精通外語的日本作家中野孝次，常常受外國機關的邀請去做有關日本文化的演講。在當年那個時代環境裡，他希望能夠改善外國人對日本的印象。於是向聽眾講：其實在日本歷史上，曾有過很多很棒的人物，而且他們的共同點跟當下被批評的「經濟動物」正相反，乃重視「清貧的思想」的。

據本書前言，每次的演講，他都以「日本文化的一側面」爲主題，介紹了良寬、兼好、芭蕉、西行、光悅、池大雅等人的故事。雖然他們生活的時代、從事的事業都不一樣，但是有個共同點：從不追求金錢和名譽，專門追求心中的滿足。

良寬、兼好、芭蕉、西行、光悅、池大雅，在日本可以說是相當有名的歷史人物。一般的國中生也至少知道其中一半：良寬和尙（一七五八－一八三一）是童書裡面常跟小朋友們玩球的和善爺爺；吉田兼好（一二八三？－一三五二）和松尾芭蕉（一六四四－一六九四）則是語文教科書裡一定提到的古典作品《徒然草》《奧之細道》的作者；池大雅（一七二三－一七七六）的山水畫在中學美術課本上刊載的頻率也頗高。另一方面，讀過些書的大人之中，沒有人不知道著名歌人西行（一一一八－一一九〇）的和歌作品如：若許願，想在春天花下死，那二月的望月時分。畢竟，每年櫻花盛開的日子裡，在報刊上或電視上肯定有人要引用這首老歌來討論日本人對櫻花的集體愛慕。至於本阿彌光悅（一五五八－一六三七），即使在日本，大多數人只聽說過其名而不知道其人的。所以，《清貧的思想》從他的故事開始，正好能引起日本讀者的興趣。

這本書爆紅的一九九〇年代初，日本社會位於歷史上很大的轉折點。八〇年代末經歷了幾年嘉年華般的泡沫經濟，不少日本人似乎患上狂躁症一般：天天出門去高級餐廳吃外國菜，喝外國酒，穿名牌時裝，搶計程車坐遠路回到郊區的居家去。坐飛機到倫敦、巴黎、米蘭、紐約，旁若無人的暴發戶行爲叫當地人皺眉，但是他們自己卻注意不到。日本人根本忘記了：過去很長很長時間，祖先們是在沒有自然資源卻災害不斷的狹小島國，質樸、節約、老實、謙虛地過日子，否則今天的日本人根本不可能存在了。也就是說，不僅外國人不知道，而且日本人自己都忘記了在這群島嶼上曾經存在過的文化清流。於是本來要向外國人宣揚日本國粹「清貧的思想」的中野孝次，這次要向本地年輕一輩說一說：我們日本的歷史上，有過很多文人重視精神上的富有而不在乎物質上的富有；爲了過眞正充實的人生，他們是主動選擇「清貧」這樣的價值準則。

脫俗的價值觀念

講回開頭的本阿彌光悅吧。他在書法、陶藝、漆藝、出版、茶道、建築設計等很多方面都出類拔萃，於是被譽爲「日本的達文西」，也不奇怪，光是被日本政府指定爲「國寶」的作品就有一件茶碗和一件漆器，至於「文化財」即文物則超過二十件，除了東京國立博物館以外，大阪、京都、美國西雅圖等多所美術館都藏有他的作品。本阿彌光悅出身於京都的刀劍鑑定、研磨世家，本身屬於庶民階級，事業上卻常跟武士階級來往，結果，他兼有武士的審美觀和庶民的倫理觀。再說，光悅的父親光二是入贅女婿，他母親妙秀才是本阿彌家血統的繼承人，因此關於她的種種有趣花絮，才在《本阿彌家行狀記》裡被記錄下來流傳到今天。否則的話，在重男輕女的日本社會，一個媳婦的故事根本不會成爲歷史的一頁。

中野孝次顯然著迷於本阿彌家母子；他竟然把文言寫的《本阿彌家行狀記》一書翻譯成現代日文，一九九二年由河出書房新社問出版，書腰上的廣告文案說：剛直的人光悅、慈悲的人妙秀。至於有關本阿彌妙秀的傳說，實在很多：有一次，當年掌權的織田信長誤會了妙秀的丈夫光二，她親自出面並雙手抓住信長騎的馬，向信長陳訴；不管孩子們、孫子們送她什麼好東西，都要分給別人包括乞丐，最後她去世的時候，留下的只有幾件衣服和被褥而已。

本阿彌家母子那般超脫、脫俗的價値觀念，究竟來自何處？中野孝次認爲，該是來自佛教思想的。不僅是他們母子，《清貧的思想》提到的吉田兼好也深受佛教的影響，至於良寬和尚更不在話下了。換句話說，「清貧的思想」其實並不是日本國粹，而是發源於古代印度的佛教思想，經過中國以及朝鮮半島，傳到東瀛來以後，由良寬、兼好、芭蕉、西行、光悅、池大雅等一個一個僧人、文人、思想家身體力行，活出來的結果才是「清貧的思想」。其實，包括千利休創始的「侘茶」在內，許多日本國產文化也多多少少受老子、莊子等中國思想家的影響。池大雅的南畫作品，顯而易見是學中國文人畫的：他的代表作品之一〈十便十宜圖〉就是根據清李漁寫的〈十便十宜詩〉，把隱遁生活的樂趣呈現在紙張上。

清貧的思想，一夕爆紅

那麼，「清貧的思想」是東方才有，西方則沒有的嗎？中野寫道：「東方人的自然觀是開闊胸懷，去追求天人合一的境地，西方人的自然觀卻是要克服而控制住的，可說正好相反。」他曾在維也納感受到封閉場所恐懼症那種憂鬱，一個原因是在完全人工的巴洛克城市裡感覺不到大自然的氣息。儘管如此，中野也極其看重天主教聖人亞西西的方濟各、二十世紀德國的社會心理學家弗洛姆等哲人的事蹟和著作。使他的價值觀念轉變一百八十度的勃魯蓋爾，亦顯然懂得腳踏實地過日子的重要性。果然，在西方文明和東方文明之間，相通的事情也很多。

那麼，接近二十世紀末的一九九二年，《清貧的思想》在日本爆紅的原因究竟是什麼？顯而易見，當人們在一時的繁榮中，忘記了本國歷史上曾存在過的另類、非物質主義思想的時候，由中野孝次一級精通古今東西思想的文人來重新挖掘、講述古人故事，竟然起了社會性甦醒藥的作用。

尤其像歌人橘曙覽（一八一二－六八），爲了專做文學，三十幾歲就把全部家產讓給弟弟，特地選擇跟妻小一起過充實、快樂、但極其貧窮的日子，普通現代人是很難理解的。可是，他歌集〈獨樂吟〉裡的作品，如「樂趣爲，偶爾買來煮的魚，孩子們說著美味吃下時」還有「樂趣爲，慢慢翻看的書本裡，發現有人似自己」等，都呈現著人間神仙一般既具體又高邁的境地，因而具備著叫勢利眼的現代人大開眼界的衝擊力。還有，在《方丈記》作者鴨長命（一一五五－一二一六）筆下的音樂愛好者們，吹簫、吹笛子或者彈琵琶，一旦入迷起來，就連皇上呼喚都不理會的。世人覺得他們愚蠢至極，鴨長命倒讚美他們對音樂的純情以及脫俗的態度。可見，清貧不是被動的狀態，而是主動選擇的生活方式。他們對金錢和榮譽等現世利益的淡然，由凡人看來，簡直跟成仙了沒兩樣，因而叫人肅然起敬。

極簡生活，每天都感到幸福

自《清貧的思想》一書問世而幾乎轟動了泡沫末期的日本社會，至今又過了約四分之一世紀。其間，日本經濟長期低迷，今天的年輕人不知道經濟成長是怎麼回事了。儘管如此，他們也不一定很悲觀；畢竟，跟世界很多地方比較，日本社會的現狀還不算那麼糟糕。雖然手頭上的金錢不多，將來收入會不會提高都很難說，可是如今的日本年輕人對物質的欲求也不很高了。他們不想買汽車，不想去國外旅行，與其出外在高級餐廳花大把錢，倒不如在家裡跟好朋友們一起吃從超商買來的食品，喝從便利商店買回來的發泡酒。

在那些年輕人之間，最近很流行的生活方式就是極簡主義（minimalism）。那本來是藝術、建築、音樂、哲學等領域裡的概念，追求簡單之美的。如今，極簡主義一詞卻應用到生活方式上來了。身體力行極簡主義的「minimalist」，甚至在二〇一五年的日本流行語大賞裡入圍。這股潮流，是一九七九年出生的書籍編輯佐佐木典士在《我決定簡單的生活》（二〇一五）一書裡提倡，並且通過網站「minimal & ism」推廣的。他寫道：從前，總是拿自己跟別人比較，結果感到很慘；後來通過減少所持品，生活完全改觀，甚至每天都感到「幸福」了。

在狹小的日本房子裡生活，所擁有的家具、衣服等越少越好。那樣子，不僅會感覺舒服，而且看起來都很美。問題在於：今天的日本人大多都住在「汙部屋」，即東西太多無法收拾到讓人精神崩潰的環境裡。所以，想要生活中採用極簡主義，他們必須從丟棄已擁有的物品開始。可見，極簡主義的中心概念其實跟這些年來很流行的「斷捨離」「怦然心動的人生整理魔法」等等相重疊。佐佐木自己，把原來花一百萬日圓買來的三千本書以兩萬日圓的賣價讓給了舊書店；然後，也賣掉電視機的時候，他在實踐極簡主義的道路上，又上了一層樓。

精神上的奢侈

佐佐木的書成了刷量達十六萬本的暢銷書，由ＮＨＫ電視台等傳播媒體介紹，極簡主義引起了很多年輕人的共鳴。幾乎一無所有的空間裡，只放幾件無印良品味道的東西生活，畫面相當村上春樹，能感到「小確幸」的概率應該很高。不過，也許，這是曾一度繁榮過的社會裡才被接受的審美觀吧。畢竟，如果是眞正一無所有的窮人，首先想要擁有最起碼的衣食住行所必要的東西。那是生存的必然。相比之下，極簡主義可說是一種精神上的奢侈。

有趣的是，二十一世紀的日本年輕人提倡的極簡主義，其實滿像老祖宗千利休創始的「侘茶」之概念，以及中野孝次推廣的「清貧的思想」。他寫道：「在原東歐等經濟相對落後的地方，聽眾不容易明白貧窮會有什麼値得讚揚的。」於是中野說：「清貧不等於單純的貧窮，而是通過自己的思想和意志，創造出來的簡素生活型態；比如說，本阿彌光悅和其母妙秀，若想過奢侈的生活也完全有條件，但是他們卻寧可不要，而特地選擇了最可能簡單的生活。爲什麼？正如，亞西西的聖方濟各放棄金殿玉樓裡的生活而自行搬進草庵，就是因爲他覺得那樣做才能靠近神一樣。相信本阿彌母子也通過不同的文化道路，抵達了同樣的結論。」

有點心疼那些暴發戶

二〇一〇年代的今天，在人類世界，提到暴發戶，大家想到的大概是中國大陸人吧。說起來很諷刺，因爲一九九二年中野孝次的《清貧的思想》剛剛在日本問世的時候，在東海隔岸的中國大陸，人們還眞過著清貧的生活：大家都穿著布鞋，騎著自行車，喝白開水，早早睡覺，早早起床打太極拳，眞是環保至極。然後，矮個強人鄧小平的遺囑「社會主義市場經濟」動起來，大陸中國人暴發之快，我們在隔岸的日本，都目瞪口呆地目睹過來了。他們先在自己的廣大國家蓋滿了高樓，修遍了高鐵，然後坐飛機、坐郵輪往外旅行，坐一排又一排的旅遊車來到日本首都東京的銀座大道，在名牌店、家電店、藥房等等，拚命「爆買」日本製造產品的熱情，成爲了日本電視新聞節目百播不膩的主題。由日本人看來，如今的大陸中國人有點兒像過去曾被貶爲「經濟動物」時候的自己，所以皺著眉頭的同時，不能不覺得有點心疼。算算彼此在經濟發達道路上的時差，今天的中國大陸，開始出現類似於中野孝次的文人提倡「返璞歸眞」也不奇怪。當然在那頭，跟黨保持一致是最重要的。

上網搜尋一下，香港好像早已沒有了那家「利休」日本餐廳。聽說，近來香港街頭越來越多的是爲大陸旅客服務的黃金鋪、中藥房等等。少了一家日本餐廳也許是無可奈何的事，不過有些當地老字號都因爲付不起越來越貴的房租而被迫關門，那肯定太可惜了。至於中環半山士丹利道，掛著中國唐代茶神《茶經》作者之名做生意的「陸羽茶室」，則一直門庭若市，實在可喜。曾經英國殖民地時代末期，我經常去那裡嚐菠蘿味的糖醋肉塊啦、檸檬雞塊啦、滑蛋蝦仁啦等等，給外國人吃的「半唐半番」港式中餐。

這次查著資料，我才得知，關於「利休」（Rikyu）這名字的來源，有一個說法就是取自「陸羽」（日文讀音：Riku-u）的。乍聽感覺頗有可能。不過，「利休」兩個字所傳達的精神，跟他創始的「侘茶」重視簡素簡略之境地相通，才是重點所在吧。換句話說是中野孝次所說的「清貧的思想」。現在我覺得，那個香港朋友說得眞對。哪裡有人在百分之百資本主義的華人城市開家餐廳而竟然命名爲「利休」？他說「日本人很謙虛」，其實就是「傻到不可救藥」的意思了。果然它沒能持續多久，如今成了歷史，我要在此寫下來做個紀念。

卷四

穿越國境

再見度假地！南洋有歷史與故事

通過山崎朋子和艾格尼絲・凱斯兩位女作家的著作，在我眼裡的南洋，從單純的度假地變成了有歷史、有故事，因而要重複拜訪的地方。

說到馬來西亞的沙巴州山打根，也許還有人記得一九七〇年代的日本片子《山打根八號娼館——望鄉》，曾經在改革開放初期的中國大陸風靡過一時。那是女作家山崎朋子的紀實小說改編成電影的。在影片裡，女明星栗原小卷就飾演了她的角色。

一九三二年出生的山崎朋子是日本最早期的女性史研究者之一。一九七三年獲得非小說文學獎，成為大暢銷書的《山打根八號娼館》，可說是她出名之作。山崎在書中細述了上世紀初給賣到南洋婆羅洲山打根去的日本女孩子們之生涯。

一九九〇年，我跟家人一起去沙巴州的亞庇度假。在東京起飛的馬來西亞航空公司班機上打開的日文《週刊朝日》中，恰巧刊登山崎朋子剛開始連載的自傳《往山打根的路》。標題中就有沙巴州首府的地名，我馬上被勾起好奇心來，不僅當場看了那一期的文章，後來也每個星期都買來看。

原來，跟明星一般美貌的山崎朋子，青春時期有過滿慘的遭遇。她從小地方跑到東京來想當演員，跟一名東京大學生談上了戀愛。可對方是韓國籍的學生運動家，周圍的朋友們不看好他跟帝國主義日本出身的女孩子親密來往。最後，年輕情侶爲政治原因被迫分手。傷心的朋子在咖啡店當服務生餬口，不幸被偏執狂看上。有一晚，他忽然揮刀襲擊，造成了朋子被送到醫院急救，在臉部一共縫六十八針的重傷。

她們都踏上了南洋婆羅洲之路

果然，年輕時候的不幸經驗使得山崎朋子對屬於弱勢族群的女性加倍同情。後來爲日本草根女性史的研究而獻身，大概是她自我療癒的方法之一。作爲一名記者，我容易想像：除非有格外堅定不移的意志，讓老太太們講述好久以前既恥辱又痛苦的經歷是不可能的。山崎朋子因爲自己身心都受過傷，所以能夠理解那些老太太們一輩子不可告人的苦楚，結果寫出來的文章特別眞實，深刻動人。書名《往山打根的路》就點破了這一道理。

後來，我被南洋風情所吸引，開始頻頻去沙巴、砂拉越等婆羅洲各地。順便找找取材當地的書本來看，其中最有名的無疑是美國女作家艾格尼絲・凱斯（Agnes Keith）贏得一九三九年大西洋雜誌非小說大獎，並賣了共八十萬本的《風下之鄉》。書名指位於颱風地帶南邊，風靜浪平的婆羅洲，乃船員們之間流傳的外號。《風下之鄉》收錄了很多張作者親手畫的插圖，以生動的文筆寫出，第二次世界大戰爆發以前的一九三〇到四〇年代，在英屬北婆羅洲的原首都山打根，她和當地政府林務官的英國籍丈夫，雙雙過的童話一般快樂的日子。那也可以說是帝國主義最後燦爛的日子，由統治階級的英美人看來，半裸的土著和精明的華籍工人，幾乎跟熱帶雨林裡的巨大植物和大小動物一般無邪可愛。

艾格尼絲是美國企業家的女兒，在加州好萊塢長大，畢業於柏克萊大學。結婚去山打根以前，她曾做過《舊金山紀事報》的記者。那可是俗稱爵士樂時代的一九二〇年代。她好比小說家法蘭西斯・費茲傑羅的太太澤爾達一般，是一名前衛勇敢的女孩子。然而，好事多磨，有一天她由報社一樓的旋轉玻璃門出去的時候，迎面而來一個癮君子，揮著工具猛力往她頭部打了好幾次，使得艾格尼絲嚴重受傷，在完全康復之前需要療養好幾年。

我的天！在日本寫山打根最有名的女作家和在美國寫山打根最有名的女作家，怎麼時隔三十年，也隔著無邊無際的太平洋，遇到如此這般相似的悲劇？而什麼原因叫她們後來都踏上了南洋婆羅洲之路？這叫巧合嗎？現在，艾格尼絲・凱斯故居是山打根最受歡迎的景點之一；至於日本遊客，也有不少要參觀山崎朋子在《山打根八號娼館》的續集《山打根的墓》裡寫到的日本人墓地，至今埋葬著無家可歸的妓女們。

值得一再拜訪

艾格尼絲故居展覽著二戰之前就出版的日文版《風下之鄉》；果然她文筆也吸引了不少日本人。誰料到，沒幾年工夫，攻擊了珍珠港以後，不久也占領山打根，把包括艾格尼絲和他丈夫、兒子在內所有英美人都關起來的日軍士兵裡，也有好幾個她的讀者，包括全婆羅洲戰俘收容所所長菅辰次。他戰後在澳大利亞軍的管制下，刎頸自殺死了。戰爭期間，艾格尼絲被關在現砂拉越州首府古晉收容所留下的紀錄《三人回家》（Three Came Home），戰後被拍成了好萊塢電影《萬劫歸來》。

艾格尼絲・凱斯和日本的因緣，其實持續到了一九七〇年代。他們夫妻應日本官方機構國際交流基金的邀請來訪，還特地去廣島尋找過菅辰次的遺屬。另外，過了七十歲，她在平生唯一一本寫的小說《親愛的外國人》（Beloved Exiles）裡暴露了那童話一般的

《風下之鄉》絕不能公開的祕密。原來，奉職於殖民地政府的英國人，很可能包括她丈夫在內，都在正式結婚之前，從當地娼館找來女孩子同居。猜猜那些女孩子到底是誰？就是山崎朋子在《山打根八號娼館》以及《山打根的墓》裡詳述的，才十歲左右，就因爲家裡貧窮，從九州天草、島原等離島，給老遠賣到南洋去的阿崎等日本女子呢！

後來，我重訪幾次南洋，在不同的地方，如古晉、怡保、檳城等地，都看到二十世紀初曾在當地生活的日本妓女們的足跡。她們的骨灰至今都在南洋，因爲沒有人願意帶回家鄉去。再說，即使帶回去，也不一定被家人接受。還好，在如今住當地的子孫一輩同胞中，部分有心人出錢出力維修著古老的日本人墓地。通過山崎朋子和艾格尼絲・凱斯兩位女作家的著作，在我眼裡的南洋，從單純的度假地變成了有歷史、有故事，因而要重複拜訪的地方。

再見海南雞飯！來份蝦雞絲河粉和芽菜

我們等待許久的蝦雞絲河粉終於送來了。湯頭濃厚，河粉則特別滑潤，
吞下去的感覺很舒服，跟炒芽菜一起吃下，味道真不錯。

最近去一趟馬來半島，走了檳城、怡保、吉隆坡。檳城是世界文化遺產，吉隆坡是首都，可我印象最深刻的倒是怡保。

馬來西亞第三大城市怡保，七十萬人口僅少於吉隆坡和檳城，位置又在吉隆坡和檳城的正中間，坐鐵路往返很方便。怡保也是馬來西亞著名的美食之都，尤其是芽菜雞的名氣很大。那基本上是海南雞飯加了炒芽菜，至多把雞湯和雞飯換成了雞湯河粉而已。有什麼特別？大家都說怡保水質超好，因此芽菜長得特白特肥，非常好吃。說得沒錯。我就是覺得好幽默：炫耀芽菜品質的地方，應該相當少吧。全世界，除了怡保以外，還有別的地方嗎？

我幾年前去馬六甲時，參觀了鄭和文化館。裡頭有關於海上生活的實物尺碼模型，包括從非洲帶回來

的長頸鹿在內。叫我刮目相看的是，明代中國人長期航海，居然在船上種芽菜吃，無非是為了補充海上難得的維生素吧。我刮目相看，是因為日本人到了西元十九世紀末，還不懂維生素的重要性；尤其在軍隊裡，伙食中缺乏維生素B導致腳氣病的頻率特別高，僅僅在一九〇四、〇五年的日俄戰爭中，竟有二十五萬陸軍士兵生此病，其中兩萬七千人喪命。當時的陸軍軍醫總監是在日本近代文學史上跟夏目漱石比肩的文豪森鷗外。他是留學德國的大知識分子，然而始終錯誤地認為腳氣病是細菌引起的，一輩子都不肯接受營養學家的意見。鄭和比森鷗外超前多少年啊？五百年！

耐心等待蝦雞絲河粉

對於三保太監一行在船上種植豆芽菜吃的印象極其深刻，我這次在怡保吃到芽菜雞，不能不連拍大腿叫好。在熱帶，水果如榴槤、芒果、山竹果、西瓜等等非常豐富，但是青菜則比較少。為了補充維生素，定居南洋的炎黃子孫們果然一代又一代地吃芽菜生存下來，多不簡單！在怡保，供應炒芽菜的不僅是老黃、安記等馳名的芽菜雞店，連在咖啡店坐下來，老闆娘都很自然地問道：要不要吃芽菜？

那是怡保數一數二的老字號天津茶室的老闆娘。當我們成功地搶到位子坐下來，她就走過來問：「要喝什麼？」南洋咖啡店的規矩是，東家專賣飲料等幾樣東西，其他食品則由鋪子裡擺的攤子各自出售。天津茶室的焦糖燉蛋，即雞蛋布丁，聞名全馬；但那是甜品，我們習慣於飯後再吃。能否先嚐嚐一樣著名的蝦雞絲河粉以及豬肉沙嗲？老闆娘回答說：「河粉要等很久的，大概需要七八個字（奧語：三十五到四十分鐘），要不要吃隔壁賣的雞飯？」我則搖搖頭道：「你們的蝦雞絲河粉很有名，所以我們慕名而來的，即使等候也想要吃，好吧，先來兩個焦糖燉蛋吧，再來一瓶嘉士伯給老公喝，小孩要喝冰美祿，我呢喝熱咖啡C就行了；是啊是啊，不是咖啡O而是咖啡C。」南洋人喝咖啡特別講究；光是熱咖啡，飲料單子上就有咖啡、咖啡O、咖啡C，分別含煉乳、糖、糖和牛奶的。然後，老闆娘就很自然地問道：芽菜呢，要不要吃？於是我回答說：好啊好啊，來一盤吧，怡保的芽菜聞名全馬。

這時大概下午一點多，鋪子裡完全沒有空位。蝦雞絲河粉攤子的老先生，一心一意地把雞肉切成絲，但是年紀大了，手腳比較慢，我們要嚐據說口感無比滑潤的蝦雞絲河粉非得耐心等待不可。

天津茶室的武夷蛋茶

天津茶室是一九四四年開張的老字號，店前掛的橫額招牌很古老，整個店鋪都富有歷史感，牆上掛的大鏡子給人二十世紀初的感覺。一家南洋咖啡店爲什麼要用華北城市天津的地名？我查來查去都查不出其所以然，只好猜想：當年天津是跟香港、上海同一級的繁華大都會，在南洋，華北城市的名字可能進一步散發出異國情調的吧。果然推出來焦糖燉蛋這樣充滿洋氣的甜品。

我們的桌子上擺了大瓶嘉士伯啤酒、大杯美祿、熱咖啡、燉蛋、沙嗲以及一碗花生醬，場面亂得可以。然後，有個老太太主動走過來推銷自家製造的食品說：「旁邊桌子的小姐們都在吃呢，很好吃的，要不要試一試？」我不明白她到底賣什麼東西，因爲她講的是我從沒學好的廣東話。好在怡保的物價很便宜，她賣的炸雞卷兩條才九塊馬幣，而且蘸著紅色甜辣醬吃，味道還不錯。

都什麼時候了？蝦雞絲河粉還沒有做好。我的熱咖啡早就喝完了。雖然在南洋吃東西喝甜咖啡很普遍，但是我覺得口渴，這回想喝點不甜而冷的飲料。於是跟茶室的另一位老太太服務員說：「要唐茶，冰的，謝謝。」我是在牆上的菜單裡看到了「唐茶」才點的。

末料，給送來的是黑色熱水裡半淹沒的煮雞蛋，拿湯匙嚐嚐，果然特別甜。再往牆上菜單看，這應該是「武夷蛋茶」。我忽然回想起來，在上世紀八〇年代的上海，有當地朋友的母親請我吃熱呼呼的糖水煮雞蛋，以彼時標準，該算是高檔的食品。然而，當年的日本女大學生，深信煮雞蛋只能擱鹽吃，一旦泡在糖水裡，就怎麼也吃不下了。我後來被一同去的中國朋友罵了一頓：不禮貌。三十多年以後，我對那次的失敗仍覺得愧疚。這天在南洋怡保無意中邂逅的「武夷蛋茶」，我得勇敢地吃下來，算是挽回舊案。說到底，茶、糖、雞蛋，個個都是挺熟悉的食品，沒有道理放在一起就不能吃。

回味無窮，想再去怡保

我們等待的蝦雞絲河粉還沒做好。星期二下午一點半，老公已經叫了第二瓶嘉士伯啤酒了，也跟京劇演員模樣的大丈夫多要了十根豬肉沙嗲。那師傅的眉毛往上翹著，應該是每天早上照著鏡子用髮蠟捏的。天津茶室裡擺的攤子不多，只有蝦雞絲河粉攤子、牛腩粉麵攤子、雞牛豬沙嗲攤子、港式點心攤子而已。賣炸雞卷的老太太還站在收款處旁邊看看有沒有機會做生意，另外有一個華人女子和兩個印度男子走進來開始推銷商品。華人女子賣的是毛巾和運動褲，果然沒有人在茶室裡購買這種商品。一個印度男子賣圓珠筆等文具，另外一個則賣勵志影碟之類；出乎我意料，旁邊桌子穿西服的兩位紳士陸續打開錢包買下來了。南洋咖啡店眞有趣，坐著等待蝦雞絲河粉，簡直跟看著戲劇一般。

怡保是富有戲劇感的城市。這裡的居民都很隨和，跟什麼人都很自然地搭話起來，好比是電視連續劇的登場人物那樣，而且他們用的語言五花八門：馬來語、英語、華語、粵語、客語，以及我不知道確切名字的印度語言等等。怡保舊市區和新市區，用當地的叫法是舊街場和新街場，間隔一公里左右，其實兩者都相當古老，處處可見廢墟。一整排的南洋騎樓店屋建築，外邊用彩色油漆刷著，感覺挺像電影布景。何況到處畫著職業水準的壁畫。到了晚上，街邊掛的大紅燈籠點起來，更像是走進了宮崎駿導演的動畫片《神隱少女》裡似的。

我們等待許久的蝦雞絲河粉終於送來了。湯頭濃厚，河粉則特別滑潤，吞下去的感覺很舒服，跟炒芽菜一起吃下，味道眞不錯。怡保的美食個個都很淳樸，顯然沒有加化學調料等，再說價錢完全合理，可謂名副其實的物美價廉。在怡保天津茶室待的兩個小時，好比看了一場戲一樣，而且是特別好看的，叫人回味無窮，若有機會一定想再去。

再見進步作家！史坦貝克寫紀行受歡迎

我喜歡做記者，因為「無知」是工作的前提，不必為此羞愧的，只要努力去學即可。而且即使在之前根本沒接觸過的領域裡，都一定有叫我大開眼界的知識等著被挖掘。

身爲職業文人，有時會接到意想不到的差事。這次來自日本約翰・史坦貝克協會的邀請算是其中之一，該會要我在靜岡大學舉辦的學會上做個報告。史坦貝克？是美國作家吧？好像得過諾貝爾文學獎，對不對？請問跟我何關？

原來，這次學會第二個研討會的題目是「眺望薩利納斯外的史坦貝克」。薩利納斯是美國加利福尼亞州的小鎮，乃史坦貝克的家鄉，也是他多部作品的背景。講台上，除了我以外，全是史坦貝克專家，均要討論他作品中的外國，如英國、墨西哥等。本來，要討論在史坦貝克作品中的中國，華人才合適。然而，協會方面似乎沒找著合適的發表者，於是這差事便輪到我這個外行。我不敢在眾專家面前討論史坦貝克的作品，但是討論中國也許還勉強可以。

好在我是新聞記者出身，不管是什麼題目，進行調查發表報告屬於本行。於是一方面向日本亞馬遜訂購史坦貝克小說，另一方面上網查查從過去到現在的中國讀者、研究者是如何接受這位美國作家作品的。幸虧，他作品很多都給好萊塢拍成電影。例如，《憤怒的葡萄》《人鼠之間》《月亮下去了》《伊甸之東》比比皆是。統統看了一遍，很快就對他的作品世界有整體印象了。

我喜歡做記者，因爲「無知」是工作的前提，不必爲此羞愧的，只要努力去學即可。而且即使在之前根本沒接觸過的領域裡，都一定有叫我大開眼界的知識等著被挖掘。這次叫我大開眼界的是，當一九四〇年，中國文學界、出版界開始譯介史坦貝克作品的時候，那些刊物、出版社大多都在重慶、桂林。爲什麼？不外是爲了迴避日本侵略軍的魔爪。之前，中國出版界的首都在上海，可是抗戰爆發以後，隨著國民政府遷移到武漢、重慶，很多民間機構都遷移到位於長江上游的內陸城市去了。至於桂林，也是當年眾文人避難去的地方。那趟艱苦的遷移，我以前在老上海電影《一江春水向東流》裡看過而印象頗深。

史坦貝克的小說特別能引起共鳴

中國的近代史始終跟侵略戰爭分不開。這一點，我早就知道。然而，原來連美國文學在中國的接受都直接跟抗戰有關。看著抗戰時期的中國地圖，政府和人民在日軍的侵略下，逐漸被迫往西逃的模樣，像什麼？是極像在史坦貝克作品《憤怒的葡萄》裡，被旱災和大農業集團的跋扈迫使離開原來屬於自己的土地，往西岸「允許之地」加州遷移的美國中部奧克拉荷馬州貧農。一九三〇年代的美國，有經濟大蕭條的大環境，一點也沒良心的原始資本主義，剝削貧農到拚命工作都吃不飽飯的地步。史坦貝克是親眼目擊那人間地獄以後，以筆提出抗議來的。未料，那些基層美國人的處境，跟幾乎同一時期在日軍侵略下失去生活基礎的廣大中國人民那麼相似。果然，當年的中國文學界，視史坦貝克為進步作家。

再說，一九四二年作品《月亮下去了》更描繪了被德軍占領的北歐小國人民嘗到的苦難，直接跟在地球另一端的中國大陸，被日軍侵略而受折磨的中國人民之苦難共鳴。結果，原作問世的翌年，重慶、桂林等地共出現了六種中文版。當年的中國人認為，史坦貝克不僅是同情無產階級的進步作家，而且是明確反對法西斯的作家。因此，直到解放前夕，他多數作品都被翻成中文出版。

一九五〇年以後，由於中共和蘇共的蜜月關係，被譯介到中國的外國文學作品，一時變得以社會主義寫實小說爲主。反之，美國成爲了中國的頭號敵人。史坦貝克有包括《憤怒的葡萄》在內的「工人三部曲」證明政治立場，然而在越來越左的政治氣候下，一切西方文學都逐漸被視爲會汙染中國人思想的「毒草」。據《月亮下去了》的譯者之一，原上海良友圖書公司編輯趙家璧寫的《編輯憶舊》，從六〇年代到七〇年代的浩劫時期，曾翻譯過二十餘部外國文學作品包括史坦貝克《人鼠之間》的羅稷南就被迫害致死；他莫須有的罪名是美國文化特務。不必說，遭到類似厄運的遠不僅他一個。趙家璧寫道：曾爲我編輯的《美國文學叢書》出力的二十來名文人中無一倖免。不過，他也沒忘記指出：曾代表美國政府，爲叢書的出版協力的著名學者費正清，在一九五〇年代的反共麥卡錫時代，也被懷疑通敵，多次被叫到美國參議院審問過。

如今，在中國亞馬遜等網路書店，不僅能看到裝訂美麗的《憤怒的葡萄》《人鼠之間》《月亮下去了》等史坦貝克早期的代表作，而且他後期的作品如《煩惱的冬天》《伊甸之東》也被譯介。有趣的是《查理與我：史坦貝克攜犬橫越美國》《史坦貝克俄羅斯紀行》等非小說作品也受當代中國讀者的青睞，顯然跟目前中國的旅遊熱、寵物熱有關吧。文學作品會有離開了作者，甚至超越時空的單獨命運。二〇一〇年代的中國讀者們，跟七十年前的前輩們，在截然不同的環境裡認識史坦貝克作品，我覺得實在可喜可賀。

我這次應日本約翰・史坦貝克協會之邀，赴學會做題爲「史坦貝克與中國」的報告。爲此準備的過程中，有機會從一九四〇年代中國出版界人士的眼光，看一個美國諾貝爾文學獎得主的一系列作品，個中充滿著深刻的發現，希望能爲日本的美國文學專家們提供些新的信息。

再見方言！唔得！

如果有人像小時候的我一樣，在母語環境裡覺得喘不過氣的話，
他們就可以離開那小小或者不大不小的膠囊，往廣大世界出發。

標準日本語的產生

如今日本全國都通「標準語」，即以東京話爲基礎的日語普通話。可是，在一八六八年的明治維新之前，情況曾是很不一樣的。德川幕府治下的日本，分兩百幾十個「藩」，由各自的「大名」即諸侯統治。「藩」相當於國中之國，各個藩的居民都講自己的一套語言，彼此之間的區別很大，互相不通。甚至有語言學者說當年日本各「藩」語言之間的關係，跟現在歐洲各國語言之間差不多。只是，在封建體制下，人們交流的機會不多，因而沒出現大問題。

到了十九世紀中，以美國爲首的西方列強紛紛出現於日本周圍，要求建立通商關係。說要通商，人家卻是帶槍帶炮的，而且老大清朝被紅毛欺負的消息都

傳來，嚇壞了東瀛人。統治日本兩百多年之久的德川政權，沒有能力對付燃眉危機。這時候，薩摩藩、長州藩、土佐藩、肥前藩等，日本西南部各藩有為青年輩出；他們要先聯手打下德川幕府，然後協力建設統一的近代化國家。「薩長土肥」等倒幕派跟守舊佐幕派打起來的結果，最後由薩摩藩出身的西鄉隆盛出面，跟擁護幕府的江戶武士勝海舟談判，成功地達成了江戶的無血開城。問題在於封建日本既沒有科舉，又沒有相當於中國「官話」的共同語言。那麼，來自九州最南部薩摩藩的西鄉跟老江戶勝海舟，究竟用什麼語言談判的？綜合各專家的意見，好像是：關鍵問題上用了「筆談」，也偶爾說出文言文，為了克服各自腔調之不同，借用了能劇對白的調子。當年日本武士階層用的文言文，乃原先把漢文用日語直譯時用的所謂「訓讀文」，幾乎全用漢字，但文法接近日文，也摻雜了點日文助詞之類的。

那種雞同鴨講的情形，很難一下子改變過來。明治維新後，新政府推行「廢藩置縣」政策，建立起中央集權國家來，舊江戶翻身為新首都東京，連從公元八世紀末一直住在京都的天皇家都搬過來了。在這個新時代，若要制定通用全國的國語，該以哪裡的語言為標準？東京？還是京都？一下子無法達成協議。過了三十多年，終於有了結論：官方認可的

「國語」，要以東京山手地區知識階層語言爲標準。東京山手曾是諸侯在江戶的宅邸區，進入明治時代後，則由「薩長土肥」出身的新政府官員們紛紛住進去。可見，近代日本的「國語」有兩個淵源：勝海舟講的江戶話，以及西鄉隆盛等帶來的西南武士話。

明治三十三年（西元一九〇〇年），日本政府發布「小學校令」，把既有的「讀書、作文、書法」課改爲「國語」課。這就是「國語」一詞在日本國內官方文件上出現的初始。一九〇二年，文部省（教育部）組織「國語調查委員會」，使之「調查方言並選定標準語」。一九〇三年，第一本國定教科書《尋常小學讀本》問世，可那還是半文半白的半製品。到了一九一〇年的第二版，終於全用起白話文來，從此要推行言文一致的「國語」了。正如美國的著名政治學者安德森在《想像的共同體》一書中所寫：在世界很多地方，國家、民族、國語都是到了近代才被想像出來的。江戶時代的日本人，生活在小小的「藩」裡。若生長在薩摩藩，那就一輩子講薩摩話過日子，以爲自己是薩摩人，根本沒有日本國、大和民族、國語、標準語等等的概念。恰如國歌、國旗一樣，都是爲了打扮成近代化國家，效法列強匆匆充數的舶來品。

具有諷刺意義的是，一八九四年（明治二十七年）打起甲午戰爭之際，很多日本人才知道自己屬於什麼國家。根據馬關條約，清朝把台灣割讓給日本；接收美麗島的總督府，在第一任學務部長伊澤修二的指揮下，一八九六年就在全島十四個地方開設了「國語傳習所」。那可是比日本內地的小學眞正開始傳授「國語」還早十多年的事情。

在日本國內推行言文一致政策，首先通過小學教育普及了書面語，然後要使之變成全國上下通用的口頭語。至於標準腔調，當一九二五年日本放送協會開播之際，聘請的第一批二十五名播音員，名副其實是榜樣了。播音員的報名資格是本人和雙親都出生於東京，並且在「山手」長大而沒有「下町」（老江戶）口音。可見，明治維新五十七年以後，西鄉隆盛終於徹底打敗了勝海舟。從超過七百個應徵者中被選拔出來的二十五個人，受了專業訓練以後，就分配到全國各地去。在台灣，一九二八年台北放送局，一九三二年台南放送局，一九三五年台中放送局，一九四二年嘉義放送局，一九四四年花蓮放送局陸續開播，讓當地人聽到標準日語的腔調了。

方言對白令人難忘

我在一九六二年出生，懂事的時候家裡已經有黑白電視機，不久就被彩色電視機取代。電視上說話的人都說日本「標準語」，跟學校老師講的一樣，而且我住在東京西部靠山手的地區，家人鄰居說的話也差不了多少。只是，東京東部下町地區出身的母親有下町口音；具體而言，她不會發「hi」音，說起來就變成「si」。母親在哥哥嬰兒時用的衣櫥上，用油漆噴他名字果然就噴錯了。爲了好看，她特意用羅馬拼音寫名字；本來寫成「hiko」（彥）才對，但是邊說邊拼的結果，卻寫成了「siko」。後來被指正，母親尷尬至極，可是用油漆噴的，無法擦掉後重新來一次。

小時候看的電視節目中，有些連續劇以外地爲故事背景，登場人物說方言對白。記得有一個節目叫《厲害的傢伙》（どてらい男）（一九七三——七七），乃根據花登筐寫的小說，由歌星西鄉輝彥飾演主角山下猛造。他年紀小小就從鄉下來大阪打拚，經努力最後成爲著名的實業家。果然在戲中，大多對白爲大阪話，由東京人聽來稍粗鄙，不過實在滿特別，令人難忘。還有一個連續劇叫《細腕繁盛記》（一九七〇——七一），也改編自花登筐的小說，以伊豆半島熱川溫泉旅館的兒媳婦關口加代爲主角。善良的加代被婆家人欺負，尤其小姑心眼兒特別壞，動不動就用難聽的伊豆方言挖苦她。將近半世紀過去了，我仍然對飾演小姑的女演員富士眞奈美印象極深刻，不外是方言對白充滿著衝擊力所致。儘管如此，現在回想，那些方言對白，大概只是在「標準語」的基礎上，加了點兒當地特有的助詞，然後把整個句子用稍微當地化的音調說了一遍而已，因爲如果眞正用起方言來，大多數電視觀眾都會聽不懂的。

母語和國語

東京人往往以爲東京就等於日本，實際上是大錯特錯。九州福岡縣立大學有位社會學專家岡本雅享寫過關於日本國語和方言的論文。他生長在日本海邊島根縣出雲地區，即國寶出雲大社的所在地，在日本古代史上是非常重要的地方沒有錯，卻在近代以後一直受冷落。他在文中引用的出雲方言，由其他地方的日本人看來、聽來都根本無法理解。也不是出雲方言特別難懂。身兼小說家和劇作家的井上久在小說《國語元年》中用了西鄉隆盛的故鄉薩摩方言，拍成電視劇的時候附上字幕播放；結果，連同樣在九州的福岡縣大學生都異口同聲地說：「根本聽不懂。」叫他們更加吃驚的，是原來班上有一個薩摩（現鹿兒島縣）出身的同學，竟然全聽懂戲中的薩摩話對白。岡本從兩個角度提出問題：首先，日本各地本來有五花八門的方言，互相不通，但都基於當地固有的文化歷史。可惜，在近代化的過程中被迫靠邊站。結果，不僅方言本身，而且相關的文化歷史都面臨消滅危機。其次，明治維新後一百五十年，如今的日本人都會講標準國語，可是他們不僅失去了說聽方言的能力，而且忘記了日本各地包括他們自己的家鄉，都曾經有過獨特的文化歷史。也就是說，日本人對方言，連失去的記憶都差不多失去了。

國語始終是政治的產物，在它進攻下，方言難以生存。其中一個因素，是方言一般沒有規範化的書寫法。雖然日語有平假名和片假名兩套表音文字，原理上什麼音都能夠筆記下來，但是在眾多日本方言中，目前只有沖繩話常用假名給表示出來。這是當下日本只有沖繩人，至少在文化上，有些人連在政治上，都主張獨立於主流日本所致。同時，在我印象中，沖繩人說的日本國語，往往很純，沒有當地口音。這叫人思索：是否他們在學校學國語的時候，老師特別嚴厲、高壓？正如在台灣，去台東、蘭嶼等地，能聽到原住民講很純，沒有口音的中文國語一樣。

在江戶時代的日本，書面語和口頭話是分開的，而口頭話又是因地不同、五花八門的方言。當二十世紀初推行「國語」的時候，首先把書面語從文言文改造成白話文，並且以小學教科書的形式傳播到全國各地去。然後，再鼓勵各地的老師、學生們，一步步用那形式去朗讀、寫作文、朗誦，而後也慢慢用之去講課、開會、發表意見，同時也逐漸限制甚至禁止使用方言，直到全體國民都能夠用「國語」流利溝通爲止。換句話說，所謂「言文一致」在日本，早期並不是「我手寫我口」的，反之是「我口說我手」的。當年，對大多數人來講，「國語」是第二語言，被入侵的口頭話才是他們的母語（第一語言）。母語和第二語言的學習過程顯然很不一樣；母語是小朋友在長大的過程中，受家人、親戚、朋友、鄰居等等周圍人的影響，自然而然學會的。第二語言倒需要通過上課、看書等人工渠道來學習。今天的人把廣播、電視當作娛樂的工具；早期卻明顯帶有教育功能，因而公共電台的播音員非得會操標準「國語」不可。

在中文世界，大家都是雙語、三語人

我在北京留學的時候，上課學的當然是現代漢語普通話，跟中央台播音員說的一樣。可是，有個剛從北京大學中文系畢業的年輕女老師，深信普通話該跟北京話完全一致，因而把發音抓得特別嚴格，要求我們學會用北京式的兒化音說「胡同兒」。後來回想，我每次都覺得特別好笑，因爲那本來是蒙古語「水井」的意思，乃忽必烈汗的部隊入侵關內，建設元大都時帶來的外來詞。所以，全中國只有北京有那麼多胡同兒。什麼金魚胡同兒、黑芝麻胡同兒、月光胡同兒、花枝胡同兒等等，雖然我覺得滿可愛，但是怎麼也不至於為了那結尾的「兒」音，為難外國學生到擠出眼淚來吧？

當年有一次，一個當地朋友帶我去了在胡同兒裡大雜院住的姥姥家。老人家是老北京，所說的北京話跟課堂上教的又不一樣，很多名詞都猜不到有什麼來源，也好像沒有辦法用漢字寫下來，說不定還是來自蒙古語。

很多日本人都對我說：

「聽說中國話有好幾種吧？妳學的是哪一種？」

也有不少人問我：

「是否台灣也講中國話？」

話要說來會很長，人家也不一定願意聽下去。所以，我一般拿一個小花絮當答覆說：

「我的中國話是在中國大陸學的，到台北說一下，好像計程車司機都嫌粗魯的樣子，所以故意說得溫柔一點，才比較像台灣人說的中國話。」

那可是事實。雖然我用的詞彙該沒什麼粗魯，但是語氣啦、態度啦、還有嗓門大小啦，似乎屬於大陸模式，會嚇壞文明的島嶼住民。

記得當年我從北京轉學到廣州去，發現羊城的共同語言是廣府話，電視上的普通話節目則帶著中文字幕。上課聽老師說話，我只聽懂一半，因爲當年廣東人說普通話的口音特別重。還好有當地學生安慰我道：

「沒關係。我都只懂七成而已。」

在中文世界，大家歷來是雙語人、三語人。普通話是多數人的第二語言、第三語言。例如，在廣東省順德市的國際旅行社前台工作的小姐，一會兒跟我講普通話，一會兒跟同事講順德話，一會兒接電話講廣府話。如此這般的情況下，懂得七七八八就是七七八八了，要求每個人對三種語言都掌握得百分之一百是不切實際的。

有趣的是，對普通話發音很大方的廣州人，聘請外語老師的時候，卻特別計較。記得中山大學日文系有一位老師，期中就要去日本留學，於是跟行政人員一起來到留學生樓，找找代課老師。他們提出的條件就是：生長在東京，會說道地東京話。果然跟NHK當初徵募播音員時一模一樣。幸虧，我能滿足他們的要求。那位老師當場就打開自己的錢包，把一疊現鈔塞給我，然後逃之夭夭了。我就那樣當上了幾個月的代課小老師；未料三十年後有旅居澳洲的老學生通過台灣出版社跟我聯繫，還有我當年跟他們一起拍的照片等等，不亦樂乎！

廣州街頭的共同語言是廣府話，而在中國大陸，北方人和南方人之間的競爭意識也相當強。北京人和廣州人，關於北京烤鴨和廣式燒鵝哪個好吃，就爭論不休的。記得有個幹部模樣的中年先生，從北方來廣州出差，聽不懂商店售貨員說話，氣急敗壞地大聲罵出來道：

「哪兒有中國人不說中國話的？」

那位粵籍售貨員小姐回罵得很漂亮：

「唐人講唐話，有咩事？」

我把那些關於語言的小故事串起來寫成短文，寄給當年連載專欄的ＮＨＫ電視中文講座課本編輯部。未料，有個日本旅行社老闆，看了以後很不高興，因為他正招募日本學生去廣州學普通話。他說，看了我寫的文章，日本學生會認為廣州學普通話的環境不好。我倒覺得，語言環境複雜，對學中文來講，說不定是強勢；因為普通話本來就是在多語言環境裡的共同語。反正，要學純正北京話的人，會直接就去北京吧。可是，到了北京，跟當地老師學的又說不定是蒙古語呢。

國語、台語、客語、日語、原住民語

我上大學開始學中文的時候，正好掀起了台灣新電影風潮，日本也公映侯孝賢、楊德昌等的作品。關於新電影，日本媒體報導說：「作品裡使用台語是政治上的突破，因爲之前國民黨政權強力推行國語，嚴厲限制了台語的使用。」那樣說，現在看來，其實不夠全面，畢竟台灣過去在國民黨統治下也拍過很多台語電影。不過，當年我自己也沒懂那麼多。說實在，多數日本人看了台灣影片都無法分別哪個台詞是國語，哪個對白是台語。我等學中文、教中文的，雖然能辨別出國語來，但是國語以外的對白，究竟是什麼語言，並不一定很清楚。

例如，侯孝賢作品《冬冬的假期》裡，冬冬婷婷兩兄妹，暑假裡從台北到鄉下外公家去。那裡的人不大講國語，尤其是外婆對外孫、外孫女一直講當地話。那究竟是什麼話呀？既然在台灣鄉下，該是台語沒錯吧？如果是台灣當地的影迷，自然會明白小兄妹坐火車去了苗栗，那兒是台灣客家大本營之一，外婆講的當然是客家話了。然而，在日本呢，我們始終被蒙在鼓裡。在侯導跟著拍的《童年往事》裡，有主人公阿哈的奶奶，說話不被當地人理解，那又是什麼語言？其實，侯孝賢自己做旁白說得很清楚：他們家是廣東梅縣人，只是日本人也不知道那兒是著名的客家地區。

「等等，客家是什麼？那是漢族還是異族？」

唉，話要說來又會很長呢。

《童年往事》是跨時代的故事。小時候各個講客語的侯家孩子們，長大以後連在家裡都講國語，跟外邊孩子們混的阿哈則大聲唱起台語流行歌曲來，果然成長爲三語人了。在台灣新電影作品裡，使用語言的變遷傳達很多背景消息，可惜外國影迷一直沒法懂，因爲字幕不分不同語言。在楊德昌導演的傑作《牯嶺街少年殺人事件》裡，主人公小四的父母在外省人圈子裡講上海話；建國中學的師生們都講國語；跑到台南去避風頭的哈尼，回來時學會說台語，叫台北的外省孩子們刮目相看；晚上在巷子裡賣包子、饅頭的老頭子則帶著山東口音，正如在《冬冬的假期》中一個人照顧弱智女兒寒子的父親一樣。各個語言都好比是符號，不僅表達他們的出身地和政治背景，而且表達共同的遭遇和超乎個人能力的命運。當年的台灣觀眾看了就會明白，可是外國人根本無法分別，至於中國或其他地區的華人，即使能辨別出不同的語言來，也不一定明白各個符號所指的內容吧。

直到《海角七號》在日本上映，此間觀眾才第一次知道，原來在台灣影片裡出現國語和台語等不同語言的對白，是發行公司在日文字幕的台語對白前邊加上了黑點，以便使觀眾知道登場人物正在講什麼語言。魏德聖導演把國語、台語、日語三種語言的對白抓得特別好。台語是他母語，對白寫得特別自然，跟國語的轉換也合情合理，可見他是眞正的雙語人。更加難得的是魏導對日語對白的操作也很出色。我有機會跟他對談而發現：其實他本人不會講日語，連誰做的日語翻譯都不記得。那麼，日語對白好是碰巧的嗎？估計也不是。他這一代台灣人是聽祖父母講日語長大的，受國民黨黨國教育長大的父母一代則反感，猶如《多桑》裡的老爸和他兒女。魏導屬於孫子女一代，從祖父母接到的跨世代之謎，由他們去解答，個中有親情起的神祕作用，或許該說奇蹟吧。

香港粵語經驗

我學中文學得算順利，但是學粵語則面對很大的困難。在廣州中山大學待的一年，我選修了爲留學生開的粵語課。幾年以後去香港定居，也到香港大學報名粵語課。可是，在珠江三角洲住了總共四年半，我的粵語一直處於「只係識少少」的地步。只有跟計程車司機喊「北角渣華道」、在茶餐廳喊「公司三明治同埋凍咖啡」才有點信心。

住香港的大陸人、台灣人很多都說：

「我是看電視學會粵語的。」

這個我倒覺得挺困難的。我學英語、中文普通話是上課、看書、查辭典學的；可以說是學習第二、第三……語言的正規渠道。反之，看電視學，比較像母語的學習過程。當年香港電視台的粵語節目都沒有中文字幕；我一個人傻傻地坐在電視機前，孤獨地觀看搞笑節目而不知道有什麼好笑的，好像自己變成了無力而凡事被動的小娃娃，實在打不起精神來。雖然新聞節目有主題字幕，但要是有哪條新聞看來有意思，我就想要全看懂，於是匆匆換到英文新聞節目去，結果又一次失去了學粵語的機會。

我後來看有關第二語言習得的研究結果而得知，小孩子是不會看電視學外語的。有人跟他們講外語，他們就學會；光光是放著外語的電視節目，則不會。是習得語言時需要有對話的過程所致。於是，聾啞夫婦帶孩子的家庭裡，放著電視節目，孩子也學不會語言。那麼，成年人看電視學習又怎麼可能？估計，他們邊看電視邊在腦子裡進行語言比對以及分析，結果在腦子裡產生類似對話的過程。那我又爲什麼不會？

看來，我學不會粵語有幾方面的原因：

第一，在當年香港，會說英文、普通話就可以生活下去。英語是當年英國殖民地的官方語言，什麼機關、大企業接待處都一定講英文的。華人社區裡，雖然粵語占有主流地位，可是也有不少來自各地的中國人、華人，或者在學校學過普通話的香港當地人，我講普通話，在很多場合都過得去。只有一次，在北角渣華道的洗衣店，工作人員既不講普通話又找不出我叫她乾洗的麻布夾克來，氣死人了。還好，搬到灣仔星街以後，當地洗衣店員工既講英語又講普通話，而且連一隻襪子都從沒給我丟過。

第二，一九八〇、九〇年代的香港，粵文書寫遠沒有現在那麼流行，只有《壹週刊》《蘋果日報》等生活化的媒體，或者漫畫書裡的對白，才會採用粵文書寫。粵語課本的內容也以日常會話水平的口語爲主。當年的共識是，正式的書面語該以北京官話爲標準。結果，粵語的流行程度和粵文的普及程度之間相差很遠。由外國人的角度來說，沒有規範化的語言，只好靠耳朵而不能靠眼睛，所以特別難學。如今香港的大學生都在電腦上、手機上用粵文通信、寫文章發表政見；那是二〇〇〇年代以後，由於科技的發展和香港本土意識的萌芽才發生的情形。如果今天我居住香港，相信看書面粵文的機會可不少，對學粵語也一定有幫助。

我始終懷疑：是否以漢語爲母語的中國人／華人學粵語比較容易？於是翻一翻有關第二語言習得的資料，果然有實驗結果顯示：方言話者學普通話比較快。既然如此，普通話者學粵語比較快就沒什麼奇怪的了。根據語言神經學的研究：在我們的大腦裡，母語和外語儲存的地方不一樣。母語是自然地、無意識地「習得」的；所以，即使不知道文法也可以造出文法上正確的句子。外語則是有意去「學習」的；所以，按照學習過的文法去造句的結果，搞不好由母語話者聽來很不自然。也就是說，我的中文和他們的中文，儲存在不同的地方；恐怕，拿出來要「擴充」的時候，要經過的過程就不一樣。

日本人說英語之差，似乎是全世界有名的。以前李登輝當台灣總統的時候，常有當地朋友笑嘻嘻地跟我說：「李登輝說的英語就像日本人那樣糟糕。」對此，我都裝著無所謂而盡量用道地的發音答話道：

「Oh, is that so?」

根據第二語言習得研究，學會外語需要有強烈的動機；日本人生活在不大不小的島國，能用母語讀書讀到大學畢業，工作機會也不算太少，渡海出國的必要不怎麼大，哪兒有動機苦學外語？也就是說，日本人英語之差，並不是遺傳基因決定，而是社會環境決定的。

李登輝青年時代的情形跟當代日本人很不一樣：他在日治時期的台灣出生長大，到日本「內地」京都去讀當年的帝國大學，顯而易見是個向上心特別強的年輕人。果然，他不僅學會了當年的「國語」即日語，連日本式英語發音都學得準了。其實，他後來去美國愛荷華、康乃爾大學攻讀碩士、博士，他的英文肯定比絕大多數日本人好很多。我自己在加拿大住了六年半，深刻地體會到：英語能力決定在當地社會上的地位。於是忍著眼淚下工夫學習，學到了去除日本口音的地步。可以說，我苦學英語有強烈的動機。

當年，我住在香港，粵語既不是母語的方言，又沒有非苦學不可的強烈動機，結果沒能學好也並不奇怪。然而，不懂社會上多數人用的語言，眞正了解當地的社會文化、當地人的喜怒哀樂，還是相當困難的。我在香港住了三年半，可是對那座城市的印象，始終沒有只住過一年的北京深刻。彼此之間的差距，好像就是語言能力的差距所決定。

不能用粵語溝通的結果，對香港人的語言生活，始終搞不大清楚，是我的遺憾。五四運動以後，中國推行了言文一致的國語（共產黨勝利以後，改稱爲普通話）。如今在中國大陸，書寫中文一定是用普通話教的；在台灣則一定用國語吧。然而，香港早在五四運動之前，已經成爲英國殖民地，跟中國隔絕了；在學校教中文，長期都用當地通用的粵語教授。問題在於：以北京話爲準的普通話和粵語，不僅詞彙不同，有時文法也不一樣，使得香港人寫中文加倍困難。香港是口腔化很突出的社會：人們特愛飲茶，吃點心，聊聊天。當年，很多人在茶室翻開閱讀花樣非常豐富的左右雅俗各份報紙，而大多數報紙都登著小小如豆腐乾又擺得密密麻麻的專欄。有些專欄文章，我覺得很難懂，大概是其受粵語影響程度高的原因吧。也有些專欄，我覺得容易懂，該是接近標準中文的。

多年後，我在東京見到一位很著名的香港作家。他的文章，我常有機會拜讀，可以說是長年書迷。對方似乎也常看到我寫的文章。說互相神交已久，大概不算太過分。所以，當我們面對面地說起話來，我就不禁很驚訝，他老人家說普通話說得相當吃力。廣東出身，在英美讀書的老一輩香港知識分子，中英文能力都很高，但是說普通話顯然是另一回事。我一時考慮改用英語溝通是否就容易些，可是要談的是中文世界裡的事情，用英語講是很彆扭的。對方似乎也沒有想到我的粵語竟差到「聽都唔識聽」。本來約定兩小時的會面，交換了好意和禮物以後，並不是沒話可說，只是不知道用什麼話說才好。乾脆我不懂中文的話，也許事情會簡單一點，但那樣子我就不是我了。可也不至於就要筆談了吧？我們之間也沒有必須完成的任務。通過一次很尷尬的會面，我重新認識到中文的普遍性：一個聽說普通話都很困難的廣東老人，寫中文寫得非常好，乃繼承了長久的中國文言文傳統，而並非我手寫我口說，叫我這個外國學生都因爲看他文章而受益無盡。

官方使用語

並不是每個國家都有「國語」。一些國家既有「國語」，又有幾個官方語言。例如，新加坡的「國語」是馬來語，官方語言則有馬來語、華語、坦米爾語、英語。把馬來語定爲「國語」算是給原地主面子，從族群和諧的角度來看非常重要。實際上，新加坡的法律、行政、商業都用英語進行；這不是給原宗主國面子，而是反映現實的需要。一些國家沒有「國語」，倒有幾個官方語言，例如加拿大。眾所周知，加拿大有英法兩種官方語。我本來以爲他們的國民都是雙語人。移民過去以後才知道，原來只有聯邦首都渥太華以及靠近大西洋的新布倫瑞克省才標榜雙語主義，要大家都講英法兩種語言。至於其他地區，則都採用要麼英語或者法語的單語主義，其中採用法語的又只有魁北克一省。

在多倫多所在的安大略省，多數住民是英裔加拿大人，對於學校教的法語，往往很反感。記得一位已退休的牙醫竟然說：

「爲什麼要學法語？爲了看餅乾盒後面寫的商品說明嗎？」

其實在加拿大有法律規定：任何商品都該用英法兩種官方語言寫說明。那位大夫和夫人策劃開露營車到加拿大最東邊的紐芬蘭島去，看著地圖發現途中要經過講法語的魁北克省，結果爲了繞開，寧願越過美國領土而去。爲什麼討厭法裔人士或者法語呢？顯然沒有特別的原因，像是感情不好的兩兄弟一樣，彼此就是看不順眼。

也許是感情不好的緣故吧，很多英裔加拿大人都覺得學法語非常困難。我是在多倫多的懷雅遜理工學院讀新聞系的時候，平生第一次學法語。教我們的老師是法國巴黎來的，而不是魁北克來的，恐怕英裔加拿大人認爲巴黎的法語才跟東京的日語一樣標準吧。加拿大同學們則從小學開始學，都有好幾年的學習經驗。令人想不通的是，過了兩個學期以後，我的法語水平就跟他們差不多了，應該是他們的心理抗拒很強所致吧。

暑假裡，有個交換留學項目，是英裔加拿大人去魁北克學法語，法裔加拿大人則來安大略學英語。我申請去魁北克學法語，因爲那是政府主辦的項目，不僅學費連房租和伙食費都不用繳。換句話說，四個星期的免費留學，不是很好嗎？結果呢，眞是百聞不如一見。我被分配去的小村叫聖帕斯卡，居民五百人裡頭，只有一個中學教員會說英語。有一次，我的房東接到東京打來的越洋電話，是講英語的。那一天我去魁北克城買東西，沒在村子裡。不會講英語的房東恐慌起來，滿街大喊地去找英語老師講電話，鬧了整村的笑話。有趣的是，魁北克人看的電視節目跟安大略等英裔加拿大不同，是在美國的電視節目上用法語配音的，因爲他們喜歡美國多於英裔加拿大。

再見方言，被制壓的母語

鄰居之間感情不好，即使不是人的本性所決定，至少是相當常見的現象。其實，在日本也到處能看到鄰近地區之間，居民關係不大好的例子。比方說，富士山所在的靜岡縣，明治維新以前分別屬於伊豆、駿河、遠江三國幾個「藩」。合併成一個縣後已過了一百五十年，然而縣西部的濱松市和東部的靜岡市之間，至今仍有公然的對立關係。在濱松人面前提到靜岡，絕不會說出好話來；在靜岡人面前說到濱松，也絕不會聽到好話的。

有個姻親，聽說是岡山縣人，於是見到他就談到我有一次去岡山時的經驗。未料，對方板著臉說：

「岡山的事情，我不太理解。」

後來才得知，原來他的故鄉曾在江戶時代屬於另一個「藩」（津山藩），果然至今沒有作爲岡山人的自我認同。

雖然如今在日本，標準語在全國各地都通行了，甚至人們都忘記了三代以前曾講互相聽不懂的地方話，但是對出身地的認同以及對鄰近地區的敵意，則至今都沒有消失。

很多國家，包括日本，都在近代化的道路上創造出「國語」來，鼓勵人們對中央政府的認同。有了「國語」，推行義務教育才有可能進行得順利。然而，在這過程中，往往發生方言被壓迫的悲劇。在日本國內，北海道原住民愛努族的語言已經消滅，沖繩人則正在爲保存自己的語言而奮鬥。在以往的日本殖民地如台灣、韓半島，總督府曾強迫當地人把日語當「國語」來學習，甚至過「國語家庭」的日子，實際上奪取了他們的母語和文化。

我本人曾自願逃離母語環境，跑到中文、英文世界裡去求避難，幸虧獲得了自由的呼吸空間。可是，在世界很多地方，人們面臨母語被剝奪的危機。香港電影《十年》的主題之一就是他們的母語粵語受中央政府壓迫的危機。連在中國境內的廣州，人們也在抗議廣東話電視節目被削減。在新加坡，政府硬把官方語言說成是人們的「母語」，使得由祖先傳下來的閩南語、潮州話幾乎消滅，在各個家庭裡，祖父母一代和孫子女一代之間沒有了共同語言。雖然強人第二代被迫在各方面妥協，但是脫離了故土和文化，人會變成浮萍，一有條件就申請移民，然而眞正能成爲世界人的卻始終是少數一部分菁英而已。人只要有對國家的認同，就能健全地生活下去嗎？

若把國語和方言對立起來，該被保護的是方言，而很多人的母語是方言，所以母語就是該受保護的。但是，如果有人像小時候的我一樣，在母語環境裡覺得喘不過氣的話，他們就可以離開那小小或者不大不小的膠囊，往廣大世界出發。那個時候，外語會成爲你的跳板、指南針，也會成爲你的飯碗。我就是想告訴你這件事。

《心井 ・ 新井：東京 1998 私小說》（新版）

為了逃避陰影而開始寫，我總有一天要寫那陰影本身。

新井一二三，第一本在台灣出版的中文作品《心井 ・ 新井》。
為什麼一個日本人竟能夠運用中文文體自成一格，味道十足。
她在書中誠實面對自我的人生探詢，寫摩登姥姥的自由，
母親的攻擊陰影，東京家鄉的味道，自己的生日情結……
成長物語寫出真切情感引起廣大共鳴。
而為了逃離母親與母語的束縛，海外遊走十二年，最後回到東京再看自己與日本，那些在生命裡交錯而過的女人男人，敲冰箱門的富家女心靈之傷，完全不會說一句日文第三代日裔加拿大女孩，面容憔悴而說自己幸福的老同學……每個人的故事都像一部小說，也包括自己。

【延伸閱讀】

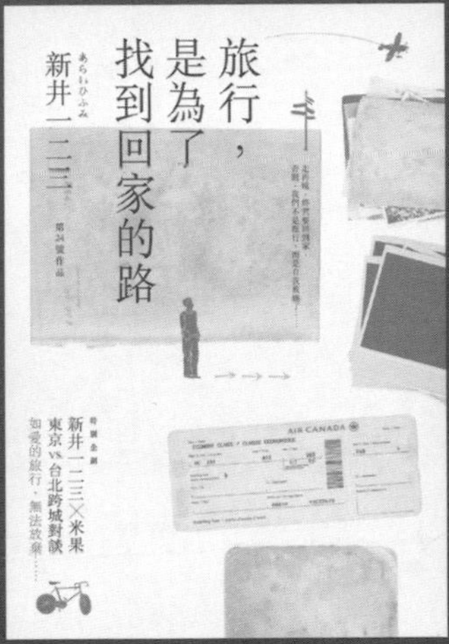

《旅行，是爲了找到回家的路》

特別企劃 新井一二三 × 米果對談
東京 VS. 台北跨城對談→如愛的旅行，無法放棄……

走再遠，終究要回到家，
否則，我們不是旅行，而是自我放逐了……
新井一二三說，人生最重要的一些事情，都是在一個人旅行的路途上學到的。
二十歲的夏天，站在北京火車站，一班通往莫斯科的列車，
可以到柏林、巴黎、羅馬、倫敦、阿姆斯特丹……
世界越來越大，越來越寬廣。
這是一場尋找世界入口的成年禮，為了進入世界，人必須離開家，
旅行磨練的真諦不在於去了哪裡，而在於找到自己人生的一條路。

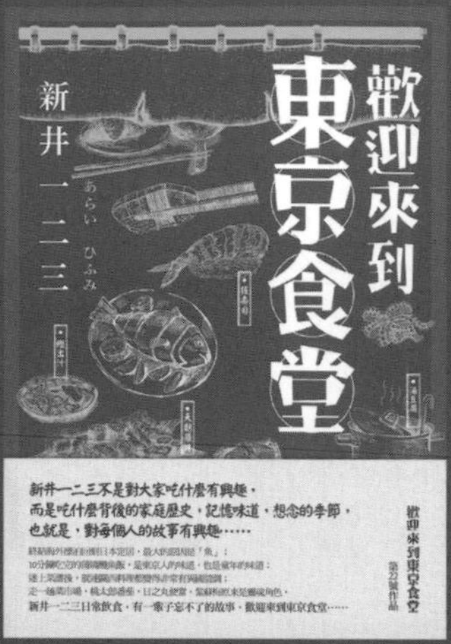

《歡迎來到東京食堂》

歡迎來到東京食堂 いらっしゃいませ（歡迎光臨）
逛魚店，走市場，發現日常的一餐飯，卻有不日常的人情故事，
受衝擊，得啟發，每一道酸甜苦辣原來都藏了一些說法，
愛上食譜，愛上遠走他鄉，愛上回到家的餐桌上，
點點滴滴留在記憶的味道，在我的東京食堂又重新活了過來……
在新井一二三的東京食堂，她透過自己做菜，迷上食譜，
關東關西料理細細研究，日式法式中式菜色時時變換，
小時候變成透明人的夢想原來已經實現，
於是，新井一二三敞開大門，說，歡迎來到我的東京食堂……
ごちそうさま～～（謝謝款待）

【延伸閱讀】

《我和中文談戀愛》

北村豐晴 × 新井一二三　精采對談

兩位同是學習中文的日本人，一位成為用中文書寫的作家，

一位成為在臺灣落地生根的導演。

戀愛的本質在於：在對方的存在裡發現美。

放眼望世界上所有的文字，只有中文特別亮眼，

如果這種感覺不是戀愛，那什麼才是戀愛？

相戀 35 年了，新井一二三還似初戀般地激動，

她說：「中文真的太美，太好聽！」

華文世界的讀者常不禁問：「新井一二三真的是日本人嗎？

她真的是用中文創作嗎？」

這是她的第 26 號作品，也是她與中文戀愛 35 年的證據……

《東京閱讀男女》

誰也無法理解，別人心底的情感缺口。
只要有一本小說，故事中的一句話，一個情節，
說出了我們想說的……我們就不會寂寞了。
愛養美男子的女作家岡本加乃子，大膽挑戰文豪谷崎潤一郎的山田詠美，
不管原諒母親或是被母親原諒的佐野洋子，
世界級作家村上春樹，風起雲湧的台日文學……
新井一二三以創作者角度閱讀創作者，
每個人的真實人生竟比小說還要精采，離奇……
這座五光十色的閱讀祕密花園，成為我們理解自尊與情感之所在。

【延伸閱讀】

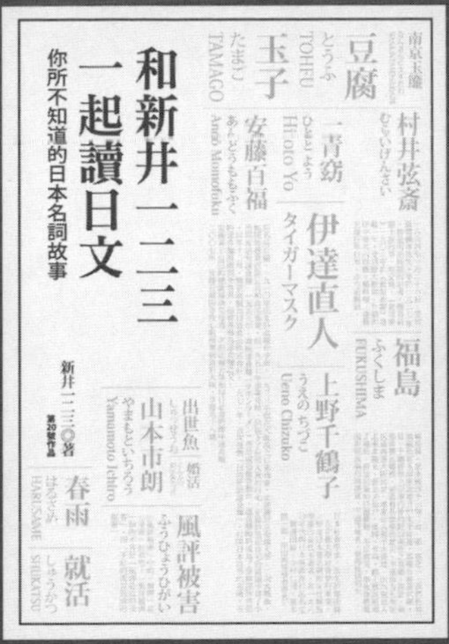

《和新井一二三一起讀日文：你所不知道的日本名詞故事》

日本名詞，躲著味道。玉子，春雨，蕎麥，牡丹肉……
可愛優雅的外表下，是樸實的味覺。日本名詞，收納異國情調。
漢字中夾雜著平假名與片假名，留下了想像空間，形成獨特美感。
曖昧又美麗的語感，即是日文的魅力。
暫別中文的世界，新井一二三回到自己的母語裡悠遊，
新井一二三的快活，在字裡行間不時俏皮輕鬆的呈現。她說：
歡迎你參加新井一二三日文旅行團。
現在，我們就往日文的知識和感官世界出發啦！

【延伸閱讀】

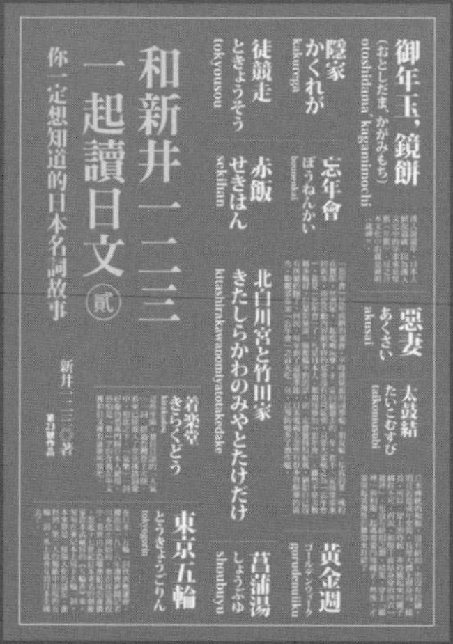

《和新井一二三一起讀日文【貳】：你一定想知道的日本名詞故事》

很多留學生，日文學者，可以說流利日語，對日本文化也知無不曉，
但對日文的生活細節卻不熟悉，所以誤用，偏差用，用錯地方。
很多日本名詞漢字，台灣卻原原本本拿來用，其實不同風俗，
就有不同的習慣；不同的使用哲學，背後的文化滿滿都是一個一個精采故事。
語言是大海，是宇宙，新井一二三在中文大海航行多年，後來真正發現最
熟悉的還是日本的語言，由她來說日本的語言故事特別耐人尋味。
我們讀新井一二三的日本名詞故事，就是讀到日本人的心坎裡，
很多解不開的關鍵，原來只有生活過才知道。

【強烈預告】

封面設計中

《櫻花寓言》（新版預告）

在東京的老家，她被當成外國人，

移民加拿大要做外國人，朋友卻認為她是道地的日本人，

在北京學中文，一口標準的普通話，讓人幾乎忘了她的東京背景，

到了香港工作，她想念的是日本家鄉的鯖魚壽司與河童髮型，

坐上台北的計程車，司機問她：妳是香港人嗎?

一個用中文寫作的日本人——新井一二三，

在世界各地交了幾個好朋友，有時候她被認為是「不明國籍」的人；

有時候文化「雜種」的生命力，反而讓她成為清晰明確的人。

《櫻花寓言》2019 年全新版　隆重推出 敬請期待

國家圖書館出版品預行編目資料

再見平成時代 / 新井一二三著 . ——臺北市：大田，2018.10

面；公分 . ——（美麗田；161）

ISBN 978-986-179-542-3（平裝）

861.67　　107013189

美麗田 161

再見平成時代

作　　者｜新井一二三

出 版 者｜大田出版有限公司
台北市 10445 中山北路二段 26 巷 2 號 2 樓
E-mail｜titan3@ms22.hinet.net　http：//www.titan3.com.tw
編輯部專線｜（02）2562-1383 傳眞：（02）2581-8761
【如果您對本書或本出版公司有任何意見，歡迎來電】

總 編 輯｜莊培園
副總編輯｜蔡鳳儀　編輯｜陳映璇
行銷企劃｜高芸珮　行銷編輯｜翁于庭
校　　對｜金文蕙 / 黃薇霓

初　　刷｜2018 年 10 月 12 日 定價：250 元
二　　刷｜2018 年 12 月 05 日
總 經 銷｜知己圖書股份有限公司
台　　北｜106 台北市大安區辛亥路一段 30 號 9 樓
TEL：02-23672044 / 23672047 FAX：02-23635741
台　　中｜407 台中市西屯區工業 30 路 1 號 1 樓
TEL：04-23595819 FAX：04-23595493
E-mail｜service@morningstar.com.tw
網路書店｜http://www.morningstar.com.tw
讀者專線｜04-23595819 # 230
郵政劃撥｜15060393（知己圖書股份有限公司）
印　　刷｜上好印刷股份有限公司

國際書碼｜978-986-179-542-3 CIP：861.67/107013189